Stewner

TANYA STEWNER

Ilustraciones de Eva Schöffmann-Davidov

Traducción de Susana Andrés

EDICIONES B
GRUPO ZETA

Barcelona • Bogotá • Buenos Aires • Caracas • Madrid • México D. F.
Montevideo • Quito • Santiago de Chile

Título original: *Liliane Susewind – Mit Elefanten spricht man nicht*
Traducción: Susana Andrés
1.ª edición: junio 2011

© S. Fischer Verlag GMBH, Frankfurt am Main, 2007
© Ediciones B, S. A., 2011
   Consell de Cent, 425-427 - 08009 Barcelona (España)
   www.edicionesb.com

Printed in Spain
ISBN: 978-84-666-4753-3
Depósito legal: B. 14.233-2011

Impreso por LIBERDÚPLEX, S.L.U.
Ctra. BV 2249 Km 7,4 Polígono Torrentfondo
08791 - Sant Llorenç d'Hortons (Barcelona)

A mi abuelo Ernst, Charis y mi madre

La nueva escuela

Ya eran las ocho menos veinte y Lili todavía estaba delante del espejo intentando domar con el peine sus rebeldes rizos de color rojo. Ya era la tercera vez que su padre la llamaba y parecía que de un momento a otro subiría por las escaleras a buscarla. Lili suspiró y maldijo su melena:

—¡Maldito estropajo!

En ese momento su padre se asomó por la puerta.

—¿Con quién estás hablando?

—Con mis pelos.

—Lili, ¡te estás retrasando! ¿Es que quieres llegar tarde ya el primer día?

Lili buscó a toda prisa la cartera entre las cajas de la mudanza y bajó con su padre a la cocina, donde su madre, sentada a la mesa del desayuno y escondida tras las hojas del diario, farfulló entre dientes un buenos días.

—¿Dónde está la abuela? —preguntó Lili, al tiempo que la buscaba con la mirada mientras su padre le metía el bocadillo del recreo en la cartera.

—Ha salido con el perro —contestó él, empujando con suavidad a la niña en dirección a la puerta.

—¿Papá? —preguntó Lili, parándose de golpe—. ¿Qué pasa si...?

—No pienses en ello —respondió él—. Todo irá bien. —Se puso en cuclillas frente a ella, le subió la cremallera de la chaqueta y le dijo animoso—: Una Brisamable no se deja intimidar, ¿no es cierto?

Lili asintió obedientemente con la cabeza aunque no se sentía nada optimista. Su padre no tenía ni idea de cómo había empeorado el asunto en los últimos tiempos.

—Y ahora, vete, hija mía —la despidió, dándole un beso en la punta de la nariz.

Cabizbaja, Lili cerró tras sí la puerta de la casa, cruzó el jardín delantero y alcanzó la calle. Un par de minutos más tarde se encontraba delante de la nueva escuela. Faltaba poco para las ocho pero, al

parecer, todo el mundo estaba ya en clase. Se deslizó rápidamente al interior y buscó el despacho del director, donde debía presentarse. A las ocho y cinco, un señor con cabellos grises la condujo la mar de tieso a su clase, la de cuarto B. Cuando el director entró en el aula, ella iba pegada a su espalda. En cuanto los otros alumnos descubrieron a Lili se hizo un silencio en la clase y todos se la quedaron mirando con curiosidad. Tras hablar unos minutos con el profesor, el director se marchó. El primero tendió amistosamente la mano a la niña y se presentó:

—¡Hola! Soy el señor Gomis.

Ella estrechó la mano tímidamente y con una media sonrisa.

—¡Prestad atención todos! —exclamó el señor Gomis volviéndose a la clase—. Ésta es vuestra nueva compañera, Liliana Brisamable.

Algunos compañeros soltaron una risita al oír ese apellido tan poco habitual. Lili se puso como un tomate y cambió cohibida el peso de un pie al otro. El señor Gomis hizo un gesto de reproche con la cabeza y advirtió:

—¡Muy divertido! Imaginaos que fuerais vosotros los que os incorporáis a una clase nueva. ¿Cómo os sentiríais?

—¿Por qué ha venido en mitad del curso? —preguntó una de las alumnas.

—Esto tal vez pueda explicárnoslo la misma Liliana —contestó el profesor, dirigiendo una mirada animosa a Lili. El silencio creció en el aula y todos aguardaron atentos. Lili tomó una bocanada de aire y pronunció una frase breve y sofocada:

—Nos acabamos de mudar.

—Sí, y, por lo que he oído decir, no es la primera vez, ¿verdad? —insistió el señor Gomis, sin darse cuenta, al parecer, de lo incómoda que le resultaba a Lili su pregunta.

—No, hummm... —balbuceó la niña—. Son varias veces...

—He leído que ésta es la cuarta escuela a la que vas.

—Bueno, sí. —Lili lo miró de reojo sorprendida. ¿Cómo es que había leído acerca de ella? ¿Acaso sabía ya algo? ¿Habría alguna nota en la documentación de las escuelas anteriores? Lili sacudió la cabeza, roja como un tomate, pese a que ya había respondido con un sí a la pregunta del profesor.

Toda la clase soltó entonces una carcajada.

—Está bien, tal vez sea mejor que te sientes ahora —dijo el profesor, cayendo en la cuenta de que interrogar a Lili delante de toda la clase no había sido muy buena idea—. ¿Quieres sentarte allí? —preguntó, señalando un pupitre junto a la ventana, al lado de una niña con la nariz respingona y las orejas de soplillo. La niña parecía muy amable, pero, a pesar de ello, Lili se quedó de pie indecisa y preguntó en voz baja:

—¿No podría sentarme en otro sitio?

El señor Gomis levantó los ojos al cielo y la niña que estaba junto a la ventana puso cara de ofendida. A Lili le habría encantado explicarles la razón por la que no quería sentarse allí, pero, claro, no podía hacerlo.

El profesor preguntó:

—¿Dónde te gustaría sentarte?

Lili miró alrededor y descubrió una pupitre libre al otro lado de la sala, lejos de la ventana.

—Allí —respondió bajito, señalando el pupitre.

—Pero allí estarás sola —advirtió el señor Gomis y Lili comprendió que eso no era muy inteligente. Aun así, no podía correr el riesgo de sentarse junto a la ventana. Tomó asiento en el pupitre que estaba libre y soportó las miradas de los demás alumnos. Sin embargo, una vez que ya estaba ahí sentada se dio cuenta de que el pupitre estaba justo al lado de la jaula de un hámster. «¡Oh, no!», se le escapó. Inmediatamente, el profesor preguntó si todo iba bien. Lili asintió sin pronunciar palabra. Era demasiado tarde. Ya no podía cambiar de opinión y sentarse al lado de la niña.

La clase se reanudó y Lili dejó de ser el punto

central de interés. Paseó lentamente la mirada por el aula y acabó posándola de nuevo en la jaula del hámster. Había visto con frecuencia acuarios con peces en las clases (¡y siempre había sido una pesadilla entrar en esos sitios!), pero... ¿un hámster?

Era evidente que el animalito dormía. Lili se acordó de que los hámsteres son animales nocturnos y que durante el día sólo muy de vez en cuando salen del rinconcito donde dormitan. Por una vez, la niña había tenido suerte. Lo esencial era que no se despertara. Lili miró cautelosa por la ventana.

Había en total tres macetas en el alféizar. Dos de ellas tenían un aspecto saludable y de estar bien cuidadas. La tercera estaba un poco marchita y le colgaban las hojas. Pero entre Lili y las plantas se extendía toda la clase. Quizá no fuera todo tan mal. Entonces la mirada de Lili se detuvo en la niña junto a la que no había querido sentarse. Ésta la miraba con una expresión sombría y parecía haberse tomado muy mal todo ese asunto. Vacilante, Lili intentó dirigirle una sonrisa, pero la expresión de enfado de su compañera todavía se acentuó más. A Lili no le quedó otro remedio que apartar la vista y atender a la lección.

En el recreo, Lili se quedó sola sentada junto al pupitre, esforzándose por acabar el bocadillo del almuerzo. Entretanto observaba a sus compañeros de curso con el rabillo del ojo. La niña de la nariz respingona y las orejas de soplillo formaba parte de una pandilla que se había reunido alrededor de una mesa y conversaba, aparentemente, sobre un asunto importante. Las niñas habían juntado las cabezas y no paraban de cuchichear. De vez en cuando una de ellas lanzaba a Lili una mirada desdeñosa que dejaba claro que ella era el tema del chismorreo.

Luego todos salieron al patio. Lili se sentó en un banco apartado y miró desde lejos a sus compañeros. Nadie le dirigió la palabra. Probablemente, nadie quería ponerse a malas con la pandilla de niñas que había incluido a Lili en la lista negra. «¡Estupendo —pensó Lili—, en sólo dos horas ya me han cogido manía, menudo récord!»

Al principio no se fijó en el pajarito que se había posado en el respaldo del banco. Pero luego el ave se subió de un saltito a su hombro. Lili se llevó un susto. Ahuyentó de inmediato al pajarito y miró atemorizada alrededor. ¿La habría visto alguien? No, no parecía que se hubieran dado cuenta. Pero entonces el pajarito regresó y se quedó esperando en el brazo del banco. Un minuto después, otro pajarito aterrizó al lado del primero y ladeó la cabeza mirando con curiosidad a Lili.

—Por favor —les siseó Lili—. ¡Me estáis poniendo en un apuro muy grande!

Las dos avecillas dudaron un poco, como si reflexionaran sobre qué debían hacer, y luego alzaron el vuelo.

—¿Con quién estás hablando, Brisamable? —preguntó alguien a su lado en voz alta. Lili se volvió sobresaltada. Delante estaban las niñas de la pandilla, que, como era evidente, habían decidido hablar con ella pese a todo. Formaban medio círculo alrededor del banco y con los brazos cruzados y una expresión dura contemplaban a Lili desde arriba. La cabecilla del grupo era una rubia alta y con pecas con pinta de moler a palos a quien se atreviera a contradecirle.

—Venga, ¿con quién estabas hablando ahora, Brisamable? —Al oír de nuevo el apellido de Lili algunas de las niñas volvieron a soltar unas risitas—. ¿Hablas sola porque nadie habla contigo?

En ese momento, todas excepto Lili se echaron a reír. Ya había tenido experiencias similares y sabía que era mejor no contestar a ese tipo de provocaciones. Así que permaneció callada.

—Te crees mejor que nadie, ¿eh? —se burló con desdén la rubia a continuación—. Pero si te has creído que has venido aquí para presumir, ¡ni se te ocurra! Escúchame bien, Brisamable: ¡nosotras somos las que mandamos aquí! —La rubia giró sobre sus talones y las otras niñas la siguieron como una manada de lobos sigue a su jefe. La niña con la nariz respingona y las orejas de soplillo se volvió hacia a Lili y le gritó:

—¡Nos las pagarás!

Después del recreo, Lili entró la última en la clase y se esforzó por pasar lo más desapercibida posible el resto del día. Al final concluyó la última hora de clase y regresó a casa con la cabeza gacha.

Isaías

Una vez que Lili hubo llegado a casa, se sentó en las escaleras de la entrada y apoyó la cabeza en las manos. No quería entrar todavía. Seguro que su padre y su abuela le preguntarían de inmediato cómo había ido el día y ella prefería no contarles nada. Se preocuparían. No llevaba mucho tiempo ahí sentada, cuando una bolita peluda de color blanco apareció al trote por una esquina. En cuanto el perro vio a Lili se precipitó hacia ella.

—¡Bonsái! —gritó Lili llena de alegría y dejó que el perrito se le subiera en el regazo.

Rodeó con los brazos el diminuto mestizo (al que el padre de Lili llamaba «pellizco» cuando le preguntaban por la raza de Bonsái) y hundió el rostro en su suave pelaje.

—¡Ha sido espantoso! —manifestó sin rodeos—. ¡Peor que la última vez!

Bonsái la miró con atención y emitió un sonido compasivo.

—¡Todo ha salido mal! —prosiguió Lili. A continuación le contó lo que había pasado.

Bonsái levantaba la vista hacia ella con expresión triste, y cuando la niña le repitió con un tono mordaz, palabra por palabra, la advertencia de la rubia alta, empezó a lamerle el rostro para consolarla.

—Había esperado que en esta ocasión fuera distinto —admitió Lili afligida—. Ya es la tercera vez que tenemos que mudarnos por mi culpa. Y aquí mamá ha encontrado ese supertrabajo. Todos se han alegrado mucho por su nuevo empleo. Y tampoco habíamos tenido nunca una casa tan grande con un jardín tan inmenso como éste. ¡No quiero volver a estropearlo todo!

Bonsái redobló sus esfuerzos por consolar a Lili apoyando las patas delanteras en su pecho y dando apasionados lametones en toda la cara de la niña.

—¡Ya vale, Bonsái! —dijo sonriendo la niña y lo separó dulcemente—. Me haces cosquillas.

Bonsái dejó de lamerla y se sentó a la espera a su lado.

—¿Y qué has hecho tú todo el día? —preguntó Lili a su perro. Antes de que Bonsái hubiera respondido, el coche del señor Brisamable asomó por la esquina—. Seguro que ha ido a comprar —susurró.

Era evidente que el padre se había propuesto volver a tiempo de la compra para preguntarle acerca de la nueva escuela nada más entrar en casa. De todos modos, Lili seguía sin tener ningunas ganas de contárselo. Así que buscó rápidamente alrededor por dónde escapar. Los espesos arbustos que bordeaban el jardín estaban justo delante de ella. Se deslizó entre ellos, y el padre, que en ese mismo momento salía del garaje cargado de bolsas, no alcanzó a verla.

Entre los arbustos se estaba fresco y tranquilo. Lili ya se había propuesto sentarse a pensar un rato, cuando descubrió al chico. Estaba bien escondido debajo de un arbusto y leía. Lo primero que a Lili le llamó la atención era el color de su pelo. Tenía un cabello grueso y negro, todavía más rizado que ella.

El chico todavía no había advertido su presencia. Estaba tan concentrado en el libro que era evidente que no la había visto llegar. Sin embargo, cuando Bonsái apareció armando ruido tras su ama, el niño levantó sorprendido la cabeza y se quedó mirando a la niña con unos grandes ojos de color castaño.

—Hummm, hola —saludó Lili, porque no se le ocurrió nada más que decir.

Pero en lugar de responder, el niño escondió a toda prisa el libro debajo del jersey. La miraba como si le hubiera pillado haciendo algo prohibido.

—¿Qué lees? —preguntó Lili.

—Nada.

—Pues no lo parecía. ¿Por qué te escondes entre los arbustos?

—¡No es asunto tuyo!

—¡No poco! Éste es nuestro jardín.

—¡Tonterías! ¡Es el nuestro!

Lili se agachó porque algunas ramas le impedían pasar y se acercó sorprendida al niño. Lo observó extrañada.

—Pero nosotros hemos comprado la casa, y también el jardín —le contó un poco desconcertada.

—¿De verdad? ¡Ah, vale! Entonces vosotros sois los vecinos nuevos.

—¿Vives ahí? —preguntó Lili, señalando a través de las hojas una casa, bonita y espaciosa, al otro lado de los arbustos. El niño asintió y se mostró un poco más amable. Lili se sentó en el suelo frente a él.

—Me llamo Isaías —se presentó.

—Y yo soy Lili —respondió la niña, sonriendo con timidez. Eso pareció gustarle a Isaías. La contempló con algo más de atención.

—Vas a mi escuela, ¿verdad? —preguntó—. Hoy te he visto en el patio.

—Oh —exclamó Lili, bajando la vista. Le daba vergüenza que la hubiera visto tan sola y apartada en un banco. Ahora él ya sabía que la dejaban de lado.

—Yo voy a quinto B —prosiguió él—. ¿Estás en el cuarto curso?

Lili hizo una mueca al pensar en su clase y contestó en voz baja:

—Sí, cuarto B.

—Y ese perro... ¿es tuyo? —siguió preguntando Isaías, al tiempo que tendía la mano a Bonsái para que se la olfateara. En eso, el libro que había escondido debajo del jersey se le cayó al suelo. Lili arrojó un breve vistazo al título. Arriba, donde siempre se pone el nombre del escritor, logró leer «Cervantes» antes de que Isaías, con un gesto nervioso, lo volviera a ocultar debajo del jersey. Cruzó los brazos con precipitación frente al pecho y miró temeroso a Lili.

—Por favor... —balbuceó—. Por favor, no se lo digas a nadie.

Lili no tenía la menor idea de qué era lo que no tenía que decir. Ni conocía al escritor ni entendía por qué Isaías estaba tan nervioso.

—¡Prométemelo! —le suplicó ansioso—. Nadie debe saberlo.

—Pero ¿por qué?

—¡Basta con que lo prometas! —Su mirada revelaba que eso era muy importante para él. Lili no comprendía de qué sentía miedo, pero no vio ninguna razón para no hacerle ese favor.

—De acuerdo —dijo—. Lo prometo.

Isaías se echó hacia atrás aliviado. Pero entonces pareció dudar de que pudiera confiar en ella.

—No lo dices en serio.

—¡Nunca prometo algo sin decirlo en serio! —protestó Lili. Reconoció en la cara de él que le había impresionado. El niño asintió agradecido. Pero Lili estaba desconcertada. No estaba acostumbrada a que alguien, que no fuera ella misma, guardara un secreto. Y era evidente que Isaías lo guardaba.

Isaías se volvió de nuevo hacia Bonsái y le acarició el pelo blanco, como de peluche. El perro se puso cómodo con Isaías y cerró los ojos de satisfacción.

—Tiene un pelo divertido —dijo Isaías, mientras enredaba los dedos en los rizos del animal—. Parece como si le hubieran hecho la permanente.

Lili soltó un gritito divertido, aunque hubiera preferido echarse a reír. No obstante, se contuvo: ¡en ningún caso podía troncharse de risa en ese sitio!

—Nosotros tenemos una gata —contó Isaías—. Se llama Señora de Lope.

Lili sintió cosquillas en la barriga.

—¿Señora de Lope? —repitió. Las comisuras de sus labios se curvaron hacia arriba sin que pudiera evitarlo. Lili se echó a reír. Cuando Isaías le devolvió la sonrisa ya no pudo contenerse y soltó una carcajada. Sin embargo, el chico se calló de golpe y porrazo y se quedó mirando a la niña como si estuviera hechizado. Lili se dio rápidamente la vuelta y casi deseó que su padre estuviera detrás de ella y él fuera la causa de que Isaías mirase tan fascinado en esa dirección. Pero no había nadie ahí. Miró a Isaías de nuevo. Se había quedado con la boca abierta y seguía con la vista clavada en algo que había detrás de Lili.

—¿Qué pasa? —preguntó ella fingiendo indiferencia, al tiempo que seguía su mirada y volvía a girarse, aunque ya suponía qué era lo que había cautivado a Isaías. Sus temores se confirmaron, ahí estaba: en el arbusto que había a sus espaldas, una flor se estaba abriendo en un tiempo récord. Se veía cómo se desplegaban uno tras otro los pétalos de un rojo brillante. En cuestión de medio minuto un capullo verde se había convertido en una preciosidad de un rojo encendido. Isaías sacudió la cabeza con incredulidad.

—¡Dios mío! —susurró, y no podía apartar la vista de ahí—. ¿Lo has visto?

«Oh, no», pensó Lili, y se alejó corriendo de la flor. Pero en cuanto se acercó a la rama siguiente, sintió que iba a suceder lo mismo. Uno de los capullos se abrió y floreció en pocos segundos. Lili, consciente de que ella era la causante, murmuró:

—Lo siento.

Al principio, Isaías la miró sin entender, pero luego se levantó de un salto. Se golpeó en la cabeza con las ramas más bajas, aunque no hizo caso. Desconcertado, se llevó las manos a las mejillas y el libro volvió a caérsele; esta vez no le dio importancia.

—¿Eres tú la que hace eso? —preguntó atónito, y empezó a dar vueltas asombrado cuando se percató de que todas las ramas que rodeaban a la niña estaban floreciendo y los arbustos verdes se llenaban de lunares rojos.

—¡No puedo evitarlo! —afirmó Lili—. Me refiero a que... ¡no lo hago adrede! —Si hubiera podido decir a las flores que no siguieran, lo habría hecho. Pero las plantas no son animales y no la obedecían.

—¡Dios mío! —repitió Isaías, contemplando el mar de flores recién salidas. Luego su mirada se posó de nuevo en Lili y su admiración se convirtió en espanto.

—Por favor, no se lo digas a nadie —le pidió Lili afligida, tirándole suplicante de la manga. Isaías se desprendió de ella y retrocedió unos pasos—. Por favor... —murmuró en voz baja, pero no pudo hacer nada más que quedarse mirando cómo Isaías, sin apartar la vista de ella, recogía el libro y luego salía disparado de entre los arbustos como alma que lleva el diablo.

Consejo de familia

Poco después, Lili se dirigió a casa con Bonsái y entró en la cocina, donde la abuela estaba sentada a la mesa tallando una figurita de madera y su padre preparaba la cena. En cuanto la niña abrió la puerta, los dos dejaron de hacer sus tareas y la miraron con expectación. El rostro de la recién llegada lo decía todo, pues su padre sólo murmuró un «uy, uy, uy» y se sentó a la mesa de la cocina, junto a la que también Lili, sin pronunciar palabra, tomó asiento. Decidió no contar nada de Isaías. Ya había bastante con el lío de la escuela.

—¿Qué ha sucedido esta vez? —preguntó con cautela el padre. Tenía aspecto de estar muy preocupado—. ¿Ha vuelto a correr todo un regimiento de ratones detrás de ti?

—No, nada de ese tipo —respondió Lili, y arrugó la nariz afligida—. Me he peleado con dos niñas de la clase.

—¡Ay, hija! —exclamó la abuela agitando la cabeza—. ¡Como si no tuvieras suficientes problemas!

—¡No lo hice adrede! —se defendió Lili—. No quise sentarme junto a una niña porque estaba justo al lado de la ventana y había unas macetas. Pero donde ahora me siento ¡hay una jaula con un hámster! De todos modos, el hámster ha estado durmiendo todo el tiempo, aunque yo podría haberme evitado la pelea. La niña de la ventana se enfadó mucho porque no había querido ponerme a su lado. ¡Y tiene un montón de amigas!

Entonces Lili empezó a explicar cómo había ido el día. La abuela y el padre la escuchaban con atención y se esforzaban por animarla y confortarla. Lili notó que los dos estaban contentos de que nadie se hubiera enterado de su peculiaridad y que no la hubieran invitado ya a participar en charlas y conferencias.

—¿Qué es lo que estás tallando? —preguntó Lili a su abuela una vez que hubo concluido su explicación.

—Un elefante —respondió, mostrando a su nieta la figurilla en que estaba trabajando. El pequeño elefante de madera tenía unas orejas inmensas, una trompa que llegaba al suelo y parecía tan auténtico como si uno de verdad se hubiera reducido y la abuela lo hubiera cazado con la mano.

—Es muy bonito —dijo Lili—. Todavía más bonito que los demás. —Señaló con la cabeza la estantería donde se encontraba una gran parte de las figuritas que tallaba la abuela.

—Lo he visto aquí —explicó la abuela, tendiéndole el diario en el que aparecía en la sección de animales una imagen de un elefante.

—¿Qué le pasa? —preguntó Lili, cogiendo el periódico para ver mejor la foto—. Parece muy triste.

—¿Triste? —respondió escéptico el padre—. Yo diría que peligroso. El artículo cuenta que era la atracción principal del zoo, pero que recientemente enloquece y se pone hecho una furia. Ya ha atacado un par de veces a su cuidador y ha intentado escaparse.

Lili observó la foto pensativa. El elefante abría los ojos como platos y levantaba la trompa amenazadora. Es cierto que parecía peligroso; aunque Lili tenía la impresión, pese a ello, de que estaba triste.

Entretanto, el padre había reanudado sus tareas en la cocina y la abuela la talla de la figurita. Pasado un rato, Lili preguntó:

—¿Quién es Cervantes?

El padre levantó la vista de la olla que estaba llenando de agua para los fideos, frunció el entrecejo e inquirió:

—¿Ya estáis estudiando a Cervantes? ¡Pero si estáis en el cuarto curso! ¿Qué escuela de elite es ésta?

Lili arqueó las cejas interesada y ya quería preguntar qué era una escuela de elite, cuando su abuela terció.

—Es un escritor.

—«Era» un escritor español, para ser más exactos —intervino el padre.

—¿Puedo leer uno de sus libros? —preguntó Lili.

—Ay, cielo, creo que es demasiado difícil para los niños —contestó la abuela

—¿Demasiado difícil?

—Cervantes vivió hace siglos...

—Y escribió de un modo que hoy no es tan fácil de entender.

—Bueno, bueno —la interrumpió el padre de Lili otra vez—. A no ser que seas tonto, sí se entiende.

—Bueno, a veces me resulta complicado —insistió la abuela.

—De acuerdo. Lo que está claro es que es pronto para que leas a Cervantes.

Lili decidió que volvería a hablar de ese escritor con Isaías. ¿Cómo es que estaba leyendo libros que para muchos adultos eran demasiado difíciles? ¿Y por qué no podía contárselo a nadie? Lili estaba fascinada con la idea de desvelar el secreto de Isaías, pero no había olvidado que él también conocía el suyo. Al menos una parte de su secreto, el de las plantas. Aunque, ¿volvería a hablar con ella? Con lo impresionado que parecía haberse quedado, seguramente la evitaría en el futuro. Entonces pensó que quizá contaría en la escuela lo que había visto. Se le hizo un nudo en la garganta de sólo pensar en ello. Pero no. Seguro que si a Isaías se le ocurría revelar el secreto daría por supuesto que también ella revelaría el secreto del libro. Sea como fuere, Lili no lo haría, a fin de cuentas lo había prometido, si bien Isaías no podía saber que ella nunca rompería una promesa. Ahora los dos estaban unidos por sus secretos. Ninguno traicionaría al otro sin correr el riesgo de ser traicionado a su vez.

—Lili —la llamó su padre, arrancándola de sus cavilaciones—. ¿Puedes decirle a Bonsái que el carnicero no tenía carne fresca para él? Hoy tendrá que contentarse con el pienso.

Lili se lo explicó al perro, que, acto seguido, se metió indignado debajo de la mesa. La niña suspiró con la sensación de que al día siguiente tenía que ser a la fuerza mejor que el desastre total de ese día.

El segundo día de escuela

De forma inesperada, las cosas fueron la mar de bien hasta el recreo. Cuando Lili entró en la clase, el hámster estaba despierto y se quedó mirando durante horas a la niña desde la jaula, como hipnotizado. Pero como ella no le hacía ningún caso, nadie se dio cuenta del extraño modo en que el animal se comportaba en relación con la niña y todos se asombraron del animal y no de Lili.

Durante el recreo, Lili volvió a sentarse sola en el banco apartado, observando a los demás. Dejó vagar la mirada y descubrió a Isaías entre ellos. Estaba en el otro extremo del patio, rodeado por todo un grupo de niños y niñas. Al parecer todos querían llamar su atención y se arracimaban alrededor de él, mientras el chico paseaba como si tal cosa.

Lili estaba impresionada de la cantidad de amigos que tenía y observaba las miradas disimuladas que, sobre todo las niñas, le lanzaban. Dos niñas que estaban muy cerca del banco lo miraban sin parar y Lili oyó que una susurraba:

—¡Creo que ha mirado hacia aquí!

—¿En serio? —respondió la otra—. ¡Qué va! —Y las dos soltaron unas risitas.

Isaías y el tropel que le rodeaba fueron acercándose lentamente y Lili se preguntó si Isaías la saludaría o incluso si llegaría a hablar con ella cuando la viera.

Al final del recreo llegaron al extremo donde se hallaba Lili. Ya se disponía todo el séquito a darse media vuelta para dirigirse de nuevo en la otra dirección, cuando las miradas de Lili e Isaías se cruzaron. Ella sonrió y dijo con timidez: «Hola.» Lo dijo tan bajito que pensó que nadie la oiría. Pero se equivocaba. En cuanto saludó a Isaías todos la miraron sorprendidos y se volvieron llenos de curiosidad hacia el chico para comprobar si respondía. Lili observó con inquietud que algunos alumnos de su clase se encontraban entre el grupo. Se disgustó por no haber mantenido la boca cerrada y pasar así inadvertida. Todos parecían preguntarse qué tendría que ver Isaías con esa niña pelirroja tan rara del banco. Era evidente que Isaías se debatía consigo mismo. Cuando un niño más alto que estaba a su lado le preguntó con despecho:

—¿La conoces?

Isaías agitó la cabeza y, encogiéndose de hombros, contestó:

—No tengo ni idea de quién es.

Se dio media vuelta y se marchó a toda prisa, seguido por sus numerosos admiradores, en dirección contraria. La niña se lo quedó mirando con tristeza.

Apenas habían pasado dos minutos, cuando Lili, que inmersa en sus pensamientos tenía la vista baja, se percató de que las sombras de unas cabezas se reunían junto a sus pies. Alzó la vista y otra vez la pandilla de niñas se había juntado alrededor de ella.

—¡Brisamable! —la increpó la rubia alta con pecas cuyo nombre, según había oído decir, era Trixi—. Debes de tener muchas ganas de armar jaleo o de meterte en un lío. ¿Cómo se te ocurre a ti ir de colega de Isaías? —Pronunció el nombre de «Isaías» como si se tratara del de una superestrella—. Pensaba que habías entendido que tú aquí no pintas nada. ¡Quizá no te lo hemos dejado lo suficientemente

claro! —Mientras pronunciaba la última frase, dio un paso lento y amenazador hacia Lili, que sintió que esa vez Trixi iba en serio y se puso en pie de un salto para escapar. Pero ya era tarde.

La niña de la nariz respingona y las orejas de soplillo la agarró por la chaqueta y la sujetó con fuerza. Primero le dio un tirón hacia ella y luego, con un enérgico movimiento del brazo, la empujó. Lili se tambaleó y fue a dar en los brazos de la niña siguiente, quien a su vez también la agarró y la lanzó de un fuerte empujón a la más próxima. Entonces empezaron a empujar a Lili de un lado a otro hasta que ya no sabía dónde estaba y las niñas empezaron a troncharse de risa de que estuviera mareada y desorientada. A continuación, Trixi agarró a Lili y le hizo una zancadilla tan hábil que Lili se cayó de rodillas y al intentar parar el golpe se arañó las palmas de las manos. Trixi se puso encima de ella en un segundo, la cogió de los cabellos y tiró de la cabeza de su presa.

—Bien, Brisamable —susurró Trixi—, espero que esta vez lo hayas entendido. ¿O quieres más?

Por la calle contigua al patio pasaba justo en ese momento una señora con dos grandes dobermann. Cuando los perros vieron a Lili y a la bravucona de Trixi, se detuvieron de golpe. Su ama no lo notó porque los dobermann iban sin atar. La mujer siguió caminando por la calle, mientras los perros parecían estar a la espera de una señal de Lili.

Trixi volvió a tirar de los cabellos a Lili y siseó:

—¿Y ahora qué, Brisamable? ¿Tienes suficiente? —Lili se mordía los labios de dolor. Entonces lo perros se pusieron a gruñir y bajaron las cabezas dispuestos a atacar.

—¡No! —gritó Lili a los perros—. ¡Marchaos!

Los dobermann dejaron de gruñir al momento. Sin embargo, no parecían muy convencidos de que marcharse fuera lo mejor y empezaron a correr inquietos de un lado a otro de la acera mientras observaban con atención lo que sucedía.

—¡Marchaos! —volvió a ordenar Lili, pues tenía miedo de que los perros atacaran a alguien.

—Muy bien, Brisamable —gritó Trixi—. Nos vamos. No hace falta que te pongas a lloriquear. ¿Vas a hacerte pipí de miedo, no? —preguntó con malicia, y las otras niñas se echaron a reír como respondiendo a una orden—. Espero que esto te haya servido de lección. —Soltó a su presa y se levantó orgullosa. Las niñas se pavonearon con expresiones triunfales y Lili miró a los perros con el rabillo del ojo, que acudían a la llamada de su ama y se marchaban por fin trotando.

Lili se sacudió el polvo de la chaqueta y se limpió los arañazos de las palmas de las manos con un pañuelo. Notó que Isaías la miraba desde lejos. Era evidente que había contemplado todo lo sucedido. Lili no se atrevía ni a pensar en lo estupendo que hubiera sido que Isaías la hubiese ayudado.

Mientras Lili todavía estaba ocupada en arreglarse y limpiarse las manos, una profesora se acercó a ella y le preguntó si estaba bien.

—Sí, no pasa nada —dijo Lili—, reprimiendo las lágrimas que luchaban por salir de su interior.

El intercambio de secretos

Los dos días que siguieron Lili disfrutó de cierta tranquilidad. No daba el menor motivo a las niñas de su clase para que volvieran a meterse con ella. Además, resultaba menos interesante que el hámster, que andaba todo el día pegado a las rejas y que por razones desconocidas miraba sin parar fuera de la jaula y estaba atento a cualquier tema de conversación.

Cuando unos días después Lili se dirigía a su casa, oyó que alguien la seguía de cerca. Aun así, no se dio la vuelta porque tenía miedo de que fuera una de las niñas de su clase. Lili apretó el paso para distanciarse un poco más. De todos modos, cuando pasó por una tienda y distinguió su propia imagen y la de su perseguidor en la vitrina, vio que era Isaías. Regresaba por el mismo camino que ella. Como en lo que iba de tiempo la niña era consciente de que Isaías no quería que lo vieran con ella, continuó andando más deprisa sin dirigirle la palabra. Sin embargo, poco antes de llegar a su casa, oyó que la llamaban:

—¡Espera!

Se detuvo y miró con cautela por encima del hombro. ¿Se dirigía realmente a ella? Isaías echó un vistazo alrededor y se acercó a ella corriendo.

—Lili, quería... —empezó—. Quisiera... —Volvió a mirar vacilante a derecha e izquierda—. ¡Ven! —dijo, tirando de ella hacia los arbustos donde se habían encontrado la primera vez.

Lili no encontró demasiado amable que él sólo quisiera hablar con ella en ese lugar, pero sentía demasiada curiosidad para no acompañarlo. Isaías se sentó en el suelo y Lili se colocó a su lado.

—Quería disculparme —confesó él cohibido. Lili no daba crédito a lo que estaba oyendo—. Tendría que haberte ayudado cuando esas idiotas te estuvieron empujando.

—¿Por qué no lo hiciste? —se atrevió a preguntar Lili.

—Pues bueno... en realidad no sé explicártelo.

—Turbado, jugueteó con el botón del jersey. Lili no sabía muy bien cómo interpretar esa respuesta, pero, al menos, estaba arrepentido de su comportamiento. La niña sonrió al imaginar que eso le había preocupado—. Quería preguntarte cómo lo haces —prosiguió Isaías—. Lo de las flores. Nunca había visto nada igual. —Se la quedó mirando con curiosidad y Lili se sintió aliviada de que él ya no le tuviera miedo. Reflexionó unos instantes y contestó:

—Si quieres que te lo explique entonces tú tienes que explicarme a mí por qué nadie ha de saber que lees a Cervantes. —Se cruzó de brazos con resolución y añadió—: Es un intercambio. Un intercambio de secretos.

Isaías dudó, como si sopesara qué tenía que ganar y perder con ello.

—De acuerdo —respondió al final—. ¡Pero tú empiezas!

—Vale. —A Lili no le quedaba otro remedio.

—¿Eres tú realmente la razón de que las flores se abrieran? —preguntó emocionado Isaías y conteniendo a duras penas la impaciencia por saber la respuesta.

—Sí, soy yo —respondió Lili—. Pero no puedo controlarlo. Cuando cojo una planta con la mano es como si reviviera. Empieza a florecer o a crecer, o le salen hojas nuevas. Las plantas marchitas se ponen bonitas de repente y los árboles nudosos dan nuevas ramas.

—Pero ni siquiera tocaste los arbustos.

—Sí, es cierto. A veces pasa sin que los toque.

—¿Cómo? —Isaías se inclinó expectante hacia delante.

—Cuando río. Entonces empeora todo. En cuanto me pongo a reír todo florece. En todo caso, en primavera.

Los ojos de Isaías se abrieron como platos.

—Si no lo hubiese visto con mis propios ojos, no creería ni una sola palabra de lo que cuentas.

Lili asintió y se preguntó si debería contarle también lo de los animales. Seguro que no la creería sin tener pruebas.

—¿No tienes ni idea de por qué te pasa? ¿O de cómo lo haces? —siguió preguntando el niño.

—¡Es que yo no lo hago! Al menos, no de forma voluntaria. Pasa por sí solo.

—¿Lo saben tus padres?

—¡Claro! Desde que nací, mis padres se preocupan por ocultarlo.

—Pero ¿por qué?

—¿Por qué? —Lili frunció el entrecejo e intentó comprender la pregunta.

—Sí, ¿por qué? —insistió Isaías.

—Pues porque... ¡nadie debe saberlo!

—¿Y por qué nadie debe saberlo?

Esta pregunta le pareció a la niña todavía más absurda que la primera. Se rascó la cabeza y respondió:

—Pues porque todos me tendrían miedo y no me hablarían.

Isaías se la quedó mirando y asintió meditabundo.

—¿Has tenido ya alguna mala experiencia con eso?

—Sí —contestó Lili—. De todo tipo. —Dibujó unos pequeños círculos con el talón en la tierra mientras pensaba en si revelarle algo más. Luego añadió—: Cada vez que se lo he... contado a alguien, entonces...

—Entonces le has dado miedo y ha salido corriendo —concluyó Isaías la frase—. Como yo.

—Sí, como tú. Pero es que... realmente da miedo.

—¿Nadie lo ha encontrado bonito todavía?

—¿Bonito? —Lili repitió la palabra incrédula y sacudió la cabeza con rotundidad—. No, eso seguro que no. Algunos pensaron que tenía truco. La mayoría creyó, simplemente, que era algo raro y que yo sabía hacer otras cosas: leer los pensamientos o prender fuego a las melenas con un conjuro y cosas así. La mayoría se limita a tener miedo porque no entiende que ocurra algo así. —Lili hizo una pausa para confirmar que Isaías escuchaba con atención y no se estaba burlando de ella—. Muchos padres de mis compañeros de escuela les prohibieron que jugaran conmigo —siguió contando la niña—. Y la mayoría de las profesoras no sabía cómo comportarse. Yo creo que no tienen que actuar conmigo de otra forma que con los demás. Pero es que al final hablaban tanto de mí, todos estaban tan nerviosos por mi causa, que acabábamos mudándonos.

—Los humanos son seres extraños —concluyó Isaías, y Lili rio. En ese instante se abrió en el arbusto vecino una flor.

—¡Ahí! —gritó Isaías, señalando la mancha de un rojo brillante que había crecido en cuestión de segundos. Sin embargo, Lili no dirigió la vista a la flor porque ya suponía qué había ocurrido y hacia dónde señalaba el niño. Encontraba mucho más interesante la expresión del rostro de Isaías, que en esta ocasión no mostraba ninguna señal de terror. Más bien parecía un investigador en presencia de un fascinante objeto de estudio.

—¡Bien! —exclamó Lili, cambiando de tema—. Cuéntame tú ahora tu secreto.

El entusiasmo de Isaías se apagó de pronto y en su rostro apareció una mueca de fastidio.

—Tú también tienes que cumplir tu parte del acuerdo —protestó Lili indignada, pero Isaías enseguida hizo un gesto apaciguador con la mano.

—Lo haré —le aseguró—. Es que... nunca se lo he contado a nadie.

—¿Ni a tus padres?

—No, a nadie. Hasta ahora siempre pensé que era mejor mantenerlo en secreto.

—Mantener en secreto «qué».

Se iban acercando al núcleo del asunto, pero Isaías empezó a dar rodeos.

—Bueno, la verdad es que no vale la pena hablar de ello.

—Mi abuela dijo que Cervantes era demasiado complicado incluso para la mayoría de los adultos —le animó Lili.

—¿En serio que lo ha dicho? Es cuestión de pareceres. —Los ojos de Isaías brillaban de interés—. Yo creo que depende de si te llega la literatura y de si entiendes las metáforas y los juegos de palabras...

Cuando vio que Lili se quedaba con la boca abierta al oír esas palabras, Isaías se detuvo y comprendió que se había delatado.

—¡Eres un niño prodigio! —exclamó Lili de repente, señalándole con el dedo.

—¿Un qué?

—¡Un niño prodigio! ¡Un genio!

Isaías esbozó una leve sonrisa y no pareció dar importancia a lo que decía.

—Superdotado, le llaman —susurró de modo casi imperceptible, mordiéndose el labio inferior—. Me resulta fácil leer a Cervantes. Todo me resulta fácil.

—¡Pero eso es estupendo! —replicó encantada Lili, dando palmadas con las manos, pero Isaías no se dejó contagiar por el entusiasmo de su amiga—. Seguro que tienes unas notas estupendas —siguió diciendo admirada Lili.

—Tengo muchos bienes y algún notable alto.

—Pero podrías tener notas mucho mejores, si eres supergenial —contestó enfadada Lili.

—Superdotado —la corrigió el niño—. Sí, podrían ser mejores. Pero yo no quiero. Entonces todos lo sabrían.

—¿Y qué?

Isaías resopló y se pasó las manos por los cabellos oscuros. Después preguntó en voz baja:

—¿Conoces a otra persona como yo?

—No, seguro que no —respondió Lili, pero luego pensó unos segundos y añadió—: Espera, ¡sí! En mi anterior escuela había un empollón. Un auténtico sabelotodo.

—¿Y eras amiga de él?

—No, nunca he tenido amigos de verdad.

—Pero ¿tenía algún amigo?

Lili arrugó la nariz, reflexionando.

—La verdad es que no —respondió entonces—. La mayoría de las veces estaba solo en el recreo, como yo. Creo que los demás lo encontraban raro.

—¿Por qué? ¿Porque sabía tantas cosas?

Lili se retorció pensativa entre los dedos uno de sus bucles y empezó a entender qué intentaba explicarle Isaías.

—Sí —admitió—. Creo que a los demás les molestaba que les... aventajara tanto. A lo mejor se sentían tontos en su presencia y por eso mantenían la distancia con él.

—¡Pues justamente eso es lo que yo quiero evitar! No quiero ser un empollón solitario. Si los demás supieran todo lo que... sé, pensarían que soy distinto a ellos... hasta que no soy normal.

—¡Pero a lo mejor todavía te admirarían más! Además, quizá podrías, justo porque te aprecian tanto, animarles para que estudiaran tanto como tú. En realidad, ser listo es algo de lo que uno debería sentirse orgulloso.

—Hacer que broten flores también es algo de lo que sentirse orgulloso.

Lili cerró la boca y frunció el entrecejo pensativa. Ambos permanecieron un rato en silencio y meditando en lo que se habían dicho. Isaías cavilaba mirando frente a sí hasta que de repente pareció haber descubierto algo en el césped que había delante de la casa de sus padres. Al instante siguiente, gritó:

—¡Señora de Lope!

Lili se volvió y vio una gata atigrada de tonos anaranjados que paseaba tan ufana por el jardín. El precioso animal había levantado el hocico con aires de nobleza. No reaccionó ante la llamada de su amo; en lugar de eso, siguió caminando elegantemente por el césped.

—¡Señora de Lope! —volvió a llamarla Isaías, pero la gata siguió sin hacerle caso—. Creo que no le caigo demasiado bien —constató sin resentimiento.

—A los gatos no se les puede domesticar como a los perros. En realidad nunca acuden cuando se los llama —observó Lili.

Cuando la gata oyó la voz de Lili, volvió la cabeza y se quedó quieta como una estatua. Miraba a la niña con sus grandes y verdes ojos.

—¡Hola, Señora de Lope —la saludó Lili. La gata se puso en movimiento enseguida y corrió hacia ellos.

—¡Uau! —exclamó impresionado Isaías—. Parece que le gustas más que yo.

La gata se dirigió hacia Lili sin ni siquiera lanzar una mirada a su amo. Se apretó contra el brazo de la niña y frotó la delicada cabeza de color naranja en la mano de la niña mientras ronroneaba complacida.

—¿Dónde ha pasado usted toda la noche? —preguntó Isaías a la damita—. Estábamos preocupados porque no había vuelto a casa.

Lili soltó una risita.

—¿Le hablas de usted?

—Sí, con ella uno tiene la sensación de que debe hacerlo. Al principio sólo se llamaba Señora López, pero en algún momento nos pareció que no era lo suficiente elegante. Sabes, es bastante finolis.

Lili rio para sí y a sus espaldas crecieron dos nuevas flores. Luego volvió a ponerse seria de repente.

—¿Isaías? —dijo.

—¿Hum? —respondió el niño ensimismado, mientras rascaba el lomo a la Señora de Lope.

—Todavía no te he revelado todo mi secreto.

—¿No?

—Tal vez pueda enseñártelo en lugar de contártelo.

Isaías frunció extrañado la frente. Lili tomó aire para coger fuerzas.

—Señora de Lope —se dirigió Lili a la gata, que enseguida la miró con atención—. Isaías quisiera saber dónde ha pasado usted la noche. Él y sus padres estaban preocupados.

Al principio perpleja, la gata observó a Lili y luego empezó a maullar. Isaías lo encontró divertido y se echó a reír, pero cuando Lili siguió hablando se puso de nuevo serio.

—La Señora de Lope dice que volvió a pasar la noche de ayer con los vecinos de enfrente. Allí la dejan dormir en un sofá estupendo. Pero se extraña de que os hayáis preocupado. No es la primera noche que pasa fuera de casa. Ya deberíais de haberos acostumbrado.

Isaías estaba tan sorprendido que se había quedado mudo. Al final susurró:

—Es cierto. Ya ha pasado varias noches fuera, pero... ¿cómo sabes tú eso?

—Acaba de decírmelo.

—¡Sí, hombre! —Isaías intentó reír, pero la risa se le quedó atascada en la garganta.

Lili ya se figuraba lo desconcertante que todo eso tenía que ser para él. Ella hablaba con toda normalidad, en el lenguaje de los seres humanos y, aun así, la gata la entendía. La Señora de Lope, a su vez, respondía en un idioma animal, incomprensible para todos los humanos, excepto para Lili. Para ella, la razón de que entendiera los sonidos y gritos de los animales también era un misterio. No obstante, siempre reconocía de inmediato el significado del grito de un pájaro, el ladrido de un perro o el chillido de los ratones. Cuando les contestaba, solían maravillarse más los animales que ella misma, ya que no estaban acostumbrados a que los hombres los entendieran. Lo mismo le ocurría en esos momentos a la Señora de Lope, que aun así no tardó en sobreponerse.

—Señora de Lope —dijo Lili—, Isaías tiene la impresión de que no le cae a usted muy bien. ¿Es eso cierto?

La Señora de Lope alzó al principio el hocico con aire disgustado y aburrido, se lo pensó un poco mejor y se puso a maullar de nuevo. En esta ocasión, Isaías ya no se rio. Desconcertado, observaba la conversación entre la niña y la gata.

—No es que no le caigas bien —tradujo Lili, cuando hubieron terminado los maullidos—, pero dice que una vez le pusiste delante del hocico un ratón muerto para que se lo comiera. Para ella eso fue un escándalo. No cazar por sí misma los ratones está por debajo de su categoría. Encuentra que no tienes nada de estilo.

Isaías estaba mudo y se había quedado de piedra.

—Isaías —dijo Lili—, sé hablar con los animales.

El Señor Bonsái
y la Señora de Lope

El martes por la mañana, Lili llegó a clase mucho antes que los demás, pues le había llegado el turno de ocuparse de las flores. Eso significaba que cada segundo día de la semana tenía que regar las tres macetas del alféizar de la ventana. Lili no quería hacerlo cuando los demás pudieran verla. Pese a que ponía mucho cuidado en no tocarlas, siempre corría, claro está, cierto riesgo, así que ese día llegaba más temprano. Una de las plantas —una begonia pachucha— apenas mejoraba con el agua. A Lili le daba pena y le hubiera gustado ayudarla, pero todo el mundo se habría sorprendido al ver que, de la noche a la mañana, se había recuperado.

Algo distinto se produjo con el hámster. Durante un tiempo, todas las mañanas ocurría lo mismo: en cuanto Lili entraba en el aula, el hámster salía del rincón donde dormía, se quedaba mirando con la boca abierta a través de las rejas y permanecía en esta posición hasta que Lili regresaba a casa. Sin embargo, desde el día en que la niña habló a solas con él, acabó el espectáculo del hámster.

Esa mañana, cuando empezaron las clases, Lili se alegró mucho de que la primera hora estuviera dedicada a su asignatura favorita: la Biología. Hablarían de los animales de la selva africana, pero lo primero que escribió el profesor en la pizarra al llegar fue: EL MIÉRCOLES SALIDA AL ZOO.

A Lili se le paró el corazón y hasta se olvidó de respirar. Miraba la pizarra con ojos como platos. ¡Precisamente al zoo! Ella no podía ir de ninguna de las maneras.

Pero así era. El señor Gomis dio unas breves indicaciones sobre dónde y a qué hora se encontrarían y luego empezó la clase con toda normalidad. Se habló de jirafas y elefantes, pero Lili no lograba concentrarse. Con el rostro contraído estaba en su pupitre y pensaba febrilmente qué hacer para no ir con todos al zoo.

Por la tarde, ya en casa, Lili le contó a Bonsái, a

quien confiaba todos sus asuntos, el lío en que iba a meterse. El perrito ladró inquieto algo acerca de «escaparse» y «esconderse», y Lili sospechó que no le quedaba otro remedio que hacer eso justamente. Puso al corriente a su padre, que dio la razón a Bonsái. Bastaría con que Lili se quedase en casa y él llamaría a la escuela y diría que estaba enferma.

Al día siguiente, cuando Lili bajó a desayunar, sus padres ya estaban en la cocina. La madre masculló como siempre un «buenos días» desde detrás del periódico y el padre, que acababa de preparar chocolate caliente, la saludó alegremente.

—¡Hola, cariño! —exclamó, dándole un beso—. ¿Puedes sacar hoy a Bonsái de paseo? —preguntó mientras le servía tostadas y miel—. La abuela se hizo ayer un poco de daño al arreglar el cortacésped.

—¿Qué le ha pasado? —Lili palideció al imaginar a su abuela en la cama con un brazo escayolado y la cabeza vendada.

—Nada importante. Arregló la máquina más deprisa de lo que había pensado y luego le pasó de repente por encima del pie y le cortó el zapato. Ahora le duele un poco el dedo gordo y cojea.

Puedes subir a verla cuando hayas salido con Bonsái. Sólo tienes que vigilar que nadie te vea. El hijo de los vecinos también va a tu misma escuela, ¿verdad? Es mejor que no te cruces en su camino porque oficialmente estás enferma.

—De acuerdo —se limitó a responder Lili, pues no tenía ganas de explicar que Isaías ya estaba informado y que no pasaba nada si la veía. Desayunó deprisa, llamó a Bonsái y se encaminó con él al parque. Delante de la entrada de la casa de su amigo se encontró con la Señora de Lope. Cuando Lili y Bonsái doblaron la esquina, la gata se estaba limpiando el elegante y atigrado pelaje color naranja. En cuanto distinguió al perro, dio un brinco aterrorizado y muy poco digno de una dama y al momento arqueó el lomo en señal de guerra. Mostró amenazadora los dientes blancos y puntiagudos y gruñó:

—¡Otra vez tú, perro sarnoso! ¡Ya me estoy hartando de ti! Siempre con esos insolentes ladridos que nadie entiende. ¿Te has mirado al espejo? Tu pelambrera es una ofensa para todos los animales de pieles con buen gusto.

Salvo Lili, nadie podía comprenderla, naturalmente; ni siquiera Bonsái. El lenguaje de los gatos se diferencia tanto del de los perros que resulta imposible que se entiendan entre sí.

Bonsái se puso a gruñir de forma peligrosa y cuando la Señora de Lope le soltó un fuerte: «¡Fuera de aquí!», el perro respondió con un ladrido.

—¡Me sacas de quicio, cursilona! ¡No vuelvas a acercarte a mi territorio o verás lo que es bueno!

—Tranquilos —apaciguó Lili a los dos peleones después de asegurarse de que ninguno de los vecinos andara por ahí y la viera—. Tal vez debería hacer las presentaciones.

El perro y la gata callaron de inmediato y miraron pasmados a Lili.

—Pues bien, Señora de Lope —dijo cortésmente, volviéndose hacia la gata, pues temía que la dama se ofendiera si no era la primera—, éste es mi perro, el Señor Bonsái. No resulta del todo de su agrado verla a veces deambular por nuestro jardín. Por eso le gustaría rogarle que, a ser posible, pasee usted por otro lugar. Él le estaría sumamente agradecido por ello.

La gata puso cara de ofendida y se pensó la respuesta. Luego maulló:

—De acuerdo. Pero sólo si deja de dirigirme esos estridentes y tan groseros ladridos. ¡Y a ver si se lava!

—Los perros no son tan puntillosos en temas de limpieza. Pero yo misma le cepillaré si está usted de acuerdo con ello.

La Señora de Lope dejó escapar un altivo «bueno», y Lili se volvió hacia Bonsái.

—Bonsái, ésta es la Señora de Lope, la gata de Isaías. Estaría dispuesta a no internarse más en tu territorio si, a cambio, tú no le ladras. Y si dejas que yo te cepille. —La última frase pareció desconcertar al perro, así que Lili añadió—: Sabes, es una dama con mucho estilo.

Bonsái estuvo de acuerdo con las condiciones y se cerró el pacto. La Señora de Lope se retiró con la cabeza bien alta y Lili se felicitó por haber conseguido restablecer la paz.

Justo cuando iba a cruzar la calle para llegar al parque, alguien gritó su nombre. Lili se volvió a ver quién era y distinguió un coche al borde de la calle. Una persona en el interior bajaba la ventanilla y volvía a gritar su nombre. Era su profesor, el señor Gomis, Lili se quedó parada y notó que las rodillas le flojeaban.

—¡Acércate de una vez! —gritó agitando la mano y la niña tuvo que acercarse a pesar suyo—. Llegas tarde a la estación de autobuses: nos reunimos allí dentro de diez minutos.

—Ejem... estoy enferma —respondió Lili, haciendo un esfuerzo por parecer débil y con fiebre. Por lo visto, fue en vano, pues el señor Gomis respondió:

—Pues a mí me parece que estás la mar de bien. ¿Qué enfermedad tienes?

—Tengo... tos —mintió Lili, consciente de que no iba a creerla. Nunca había sabido mentir.

—Entonces, tose —le pidió el profesor.

—¿Qué?

—Que tosas.

Lili se sonrojó porque sospechaba que ahora se delataría. Intentó toser, pero sólo salió de su garganta un carraspeo la mar de saludable.

—Bien, creo que podrás sobrevivir a un día en el zoo —dijo sonriendo el Sr. Gomis—. ¿Sabes? Te llevo. En caso contrario, no llegarás a tiempo.

Lili lo miró sobrecogida y sin pronunciar palabra, pero el señor Gomis no se dejó confundir:

—Ven, vamos corriendo a avisar a tus padres y nos marchamos. ¿Vives ahí delante?

El señor Gomis bajó del coche y acompañó a Lili a su casa. Llamó a la puerta, se presentó al perplejo señor Brisamable y dijo amablemente pero con firmeza que Lili se iba con él al zoológico. Luego volvió a meter a su alumna en el coche.

—Llegamos tarde —anunció el profesor, mientras Lili miraba desesperada a Bonsái, a duras penas retenido por el padre en la puerta de casa, que advertía con estridentes ladridos: «¡Alerta!» y «¡Secuestro!».

—¡No he cogido la cartera! —dijo la niña buscando un último pretexto, pero el señor Gomis ya había arrancado.

—Bah, hoy no la necesitas —respondió—. Vamos al zoo y allí no necesitas nada.

«Al contrario, necesito un milagro», pensó Lili.

En el zoo

Durante el trayecto, el señor Gomis le dijo a su alumna que entendía por qué no quería ir al zoo. Lili se llevó un susto de muerte y pensó que el profesor había descubierto algo. Sin embargo, éste se refirió a otro asunto.

—Las niñas se han confabulado contra ti, ¿verdad? —preguntó—. No te lo tienes que tomar tan en serio, no tardarán en sosegarse. Pero ¿sabes qué? Para que no tengas miedo, hoy estaré especialmente pendiente de ti. ¿Cómo lo ves?

—¡Horrible! —se le escapó a Lili, que de ninguna de las maneras quería que la estuvieran observando—. Me refiero a que... si las niñas se dan cuenta de que usted está al tanto, se creerán que soy una chivata.

—Ah, bueno, en eso tienes toda la razón. Hummm. Entonces velaré por ti disimuladamente y sólo intervendré cuando sea necesario de verdad.

—¡Por favor, no lo haga! —respondió Lili con determinación—. Quiero conseguirlo sola. Ya verá cómo puedo, en serio. No tiene que cuidar de mí.

—Tu actitud es estupenda, Liliana. Lo mejor es, naturalmente, que tú misma soluciones el problema.

Durante el resto del trayecto los dos permanecieron en silencio. Lili estaba aterrorizada. Los pensamientos se agolpaban en su mente y le resultaba difícil trazar un plan. Tal vez no fuera tan terrible si no hablaba directamente con ninguno de los animales del zoológico. Sin embargo, los animales siempre se percataban de que había algo distinto en Lili y corrían hacia ella o se la quedaban mirando. Pero sólo cuando les dirigía la palabra comprendían que podía hablar con ellos. Si en la visita había mucho barullo y movimiento, quizá nadie se diera cuenta de que algunos de los animales se comportaban de un modo extraño. Al fin y al cabo, todo había transcurrido sin altercados con el hámster.

Cuando llegaron a la estación de autobuses reinaba un alboroto tremendo. Los alumnos de cuatro cursos de la escuela —dos cuartos y dos quintos— corrían de un lado a otro en busca de sus autobuses. Lili se limitó a seguir al señor Gomis para llegar al de su clase. Nadie se percató de ella cuando se colocó discretamente junto a los compañeros que charlaban y reían formando grupos en la acera.

A las nueve, todos se subieron a los vehículos y partieron hacia el zoo. Lili estaba sentada sola junto a la ventana, intentando serenarse. Decidió no abrir la boca y no reír pasara lo que pasase. Aunque de todos modos tampoco tendría demasiadas razones para echarse a reír.

Tras un trayecto de veinte minutos, llegaron. Lili no había entrado en toda su vida en un zoológico. Aunque se interesaba muchísimo por todas las especies de animales, el riesgo de llamar la atención siempre había sido demasiado grande. Al bajarse, Lili distinguió a Isaías, que —rodeado por su séquito de admiradores— estaba delante de uno de los otros autobuses. Isaías se quedó pasmado al ver a Lili, pues le había contado que se quedaría en casa. Desesperada, le lanzó una mirada de socorro, pero la apartó cuando un niño que estaba al lado de Isaías también miró hacia ella.

Los alumnos se encaminaron lentamente hacia el acceso al zoológico. Isaías aminoró el paso para que su amiga ganara terreno y se colocara al final detrás de él. Cuando a una niña que iba bastante por delante de ellos se le cayó una botella de Coca-Cola y todos se detuvieron a mirar la sopa oscura entre los pedazos de la botella extendiéndose por el suelo, Isaías se volvió a toda prisa y susurró:

—¡Quédate atrás!

—¿Qué? —preguntó Lili, demasiado preocupada de que alguien se diera cuenta de que Isaías le hablaba para entender lo que le estaba diciendo.

—¡Que te pongas al final! Así los demás ya habrán pasado junto a los animales cuando tú llegues —murmuró él a toda prisa antes de volver a darse la vuelta y ponerse a reír con lo de que se hubiera roto la Coca-Cola. Lili echó un rápido vistazo a derecha e izquierda. Nadie se había dado cuenta de que Isaías y ella habían hablado. Con el corazón en un puño, fue rezagándose hasta ser la última en pasar por la puerta del zoo.

Los primeros fueron un par de papagayos y flamencos cansados que apenas volvieron la cabeza cuando Lili pasó junto a ellos a un par de metros de distancia del resto del grupo. Los papagayos parecían bastante desplumados y entontecidos, y Lili se preguntó si los animales del zoo realmente vivían a gusto en ese lugar. Pero entonces apareció la piscina de las focas, la primera de las principales atracciones del establecimiento. Todo el grupo de alumnos se detuvo y contempló a las ágiles nadadoras. Lili llegó tan lentamente como le fue posible y se mantuvo en segundo plano.

Cuando creía que ya no iba a ocurrir nada, una foca salió de repente del agua. Subió a rastras a una roca de su instalación y trazó un círculo con la nariz levantada como si estuviera buscando algo. Luego posó la mirada en Lili, que estaba medio escondida detrás de los demás, y se quedó pasmada. La contempló con sus grandes y redondos ojos. Lili se escondió detrás de un niño alto. Pero en cuanto escapó de la vista de la foca, ésta empezó a bramar: «¿Dónde está la niña?» Lili se encogió de miedo porque estaba segura de que los ladridos de la foca llamarían la atención; pero el grupo de alumnos reanudó la marcha como si nada hubiera pasado. Lili comprendió que para los demás todo se había limitado a una foca gritona. Estaba claro que lo habían encontrado divertido, pero no extraño. Lili siguió con el grupo y procurando no hacer caso de los gritos, cada vez más débiles, de la maravillada foca.

Lo mismo sucedió con los tapires y las cabras monteses. Los animales se quedaban atónitos cuando aparecía Lili y empezaban a gritar o a balar—en el caso de las cabras— cuando Lili pasaba sin hacerles caso. Lili agradecía en silencio que Isaías le hubiera aconsejado distanciarse del resto. De este modo, el extraño comportamiento de los animales sólo asombró a un par de visitantes aislados. Los compañeros de la escuela, por su parte, ni siquiera se fijaron en su peculiar modo de actuar.

Luego llegaron a la instalación de las llamas. Conocidas porque escupen para defenderse, se aburrían en su extenso recinto, rumiaban a cámara lenta el heno y no miraban para nada a los cuatro cursos que se habían distribuido delante de la cerca. Sin embargo, cuando Lili apareció, los animales parecieron salir de su apatía. Las llamas fueron alzando la cabeza una tras otra y enderezaron las orejas alerta. Se quedaron quietas y en tensión, hasta que todas, como siguiendo una orden, se pusieron en movimiento. Todo el rebaño galopó a la parte del vallado donde Lili se encontraba en segunda fila. Entonces se detuvieron, patearon el suelo y estiraron el cuello para ver mejor a Lili. La niña estaba petrificada y deseando que la tierra se la tragara. Entonces oyó una voz delante de ella:

—¡Estas fans no lo dejan a uno en paz!

Era Isaías, que fanfarroneaba de broma fingiendo que las llamas lo miraban, a él, fascinadas.

Lili lo contempló sorprendida. Los que estaban alrededor empezaron a reír de la ocurrencia. Cuando los que se encontraban más alejados quisieron saber qué era tan divertido, corrió la voz entre las filas: «¡Dice que son sus fans!» La risa fue propagándose hasta que todos estaban tan distraídos con la broma de Isaías que nadie se preguntó por qué se comportaban en realidad las llamas de ese modo tan extraño. Los animales seguían inquietos junto a la cerca y era evidente que buscaban algo. Pero entonces Isaías les gritó:

—¡Más tarde firmaré autógrafos!

De nuevo atrajo la atención del público y todo se redujo definitivamente a un incidente divertido. Lili suspiró aliviada.

Por fin reemprendieron la marcha. Lili esperaba la oportunidad de lanzar un gesto de agradecimiento a su amigo, pero él no le dirigía la mirada.

A continuación llegaron a las instalaciones de los simios. Lili volvió a aminorar el paso y a acrecentar la distancia que la separaba de los últimos alumnos. Nunca había visto un auténtico mono, pero sospechaba que ese animal, tan parecido al ser humano, reaccionaría vivamente ante su presencia. No se equivocaba.

Lili se acercó a la instalación después de que los últimos de su grupo se hubieran ido. No había ningún otro visitante, así que Lili estaba completamente sola. Tras unas grandes láminas de cristal trepaban, reñían y colgaban unos ruidosos gorilas, chimpancés y orangutanes. En el momento en que Lili se plantó delante del vidrio de la primera instalación, reinó el silencio. Fue tal la sorpresa que a un orangután se le cayó de la boca la manzana que acababa de morder. Durante unos segundos, el único sonido que se oyó fue el de la manzana rodando por el suelo. Todos los ojos de los simios se dirigieron a Lili, y los animales estaban como petrificados. Lili echó un rápido vistazo para comprobar si había otros seres humanos por ahí. No había nadie. Sabía que era arriesgado, pero no podía contenerse. Se dirigió a los animales y dijo en voz alta, para que la oyeran a través del vidrio:

—¡Buenos días!

En ese instante estalló un guirigay. Todos los simios lanzaron chillidos ensordecedores y empezaron a dar vueltas espantados. Algunos chimpancés se daban codazos mientras señalaban a Lili gritando. Un orangután brincaba de emoción, al tiempo que se arrancaba los pelos, y una hembra se tapaba las orejas sin poder aguantar sus tremendos gritos. Un gorila de la jaula vecina saltó al vidrio, empezó a golpearlo y eran tales los chillidos que lanzaba que el cristal empezó a vibrar. Cualquier otra persona habría retrocedido de miedo, pero Lili comprendía lo que decía el gorila:

—¿Qué pasa? ¿Qué pasa?

Estaba simplemente patidifuso. Aun así, hacía un ruido infernal y Lili temió que la lámina de vidrio se rompiera de un momento a otro o que apareciera algún vigilante del zoo. El gorila no se tranquilizaba y seguía golpeando con fuerza. Lili vaciló un momento y luego pasó por encima de la barrera de seguridad para estar más cerca del vidrio y justo delante del alborotador.

—No pasa nada —le dijo. Pese al tono amable de la niña, el gorila se asustó. Enmudeció de repente y dejó caer sus musculosos brazos. Lili puso la mano en el vidrio y le sonrió. Por unos minutos, el gorila inclinó la cabeza turbado, luego apoyó también su manaza grande y negra contra el vidrio. Lili comprobó que la fuerte mano del animal era el doble de grande que la suya.

—¿Cómo estás? —preguntó—. ¿Estás a gusto aquí?

El gorila resopló atónito sin saber todavía cómo reaccionar en tal situación. Pero antes de que contestara, Lili oyó que alguien entraba en la instalación. Apartó la mano a toda prisa.

—¡Dios mío, sal de ahí, niña! —Un hombre con una chaqueta verde corrió a su lado y la apartó apresuradamente del vidrio—. ¡En este zoológico no se puede acariciar a los animales!

—Lo siento —susurró Lili, aparentando el mayor arrepentimiento posible.

—¿Eres del grupo escolar que acaba de pasar por aquí?

Lili asintió.

—Tus compañeros están ahora en la instalación de los elefantes —informó el hombre, que, evidentemente, era un cuidador de animales—. Ven, te llevaré con ellos. —Cogió a Lili de la mano y la sacó del recinto de los simios. Mientras abandonaban la instalación, el cuidador sacudió la cabeza sorprendido, pues los monos se comportaban como si todos hubieran enloquecido. Saltaban de un lado a otro la mar de contentos, golpeaban los cristales y gritaban algo que el cuidador no entendía:

«¡Vuelve!»

Caos en la instalación de los elefantes

Lili siguió al cuidador a la instalación de los elefantes, que estaba situada en un edificio viejo y algo destartalado. Al entrar se abrieron camino a duras penas pues las cuatro clases que se habían reunido delante de la jaula del elefante llenaban completamente el pequeño recinto. Lili se asomó con cautela por encima de los otros, lejos del animal. Enseguida se percató de que se trataba de una hembra, aunque no sabía con certeza dónde la había visto antes. Sin embargo, Lili no sólo supo al momento que era una elefanta, sino también que no estaba bien. La giganta gris se hallaba con la cabeza gacha y la trompa colgando hacia abajo en una pequeña y sórdida jaula y no parecía prestar ninguna atención a los seres humanos que la rodeaban. Fue entonces cuando Lili recordó dónde había visto a la elefanta: en una foto del diario que mostraba al paquidermo en pleno ataque de furia. Ya entonces había notado que el animal parecía triste y en ese momento su primera impresión se vio confirmada. La elefanta no se enteraba de lo que sucedía alrededor y miraba con apatía al vacío. Lili se adelantó un paso para observarla con mayor atención, pero topó con el pie contra algo y tropezó. Intentó enderezarse, pero perdió el equilibrio y se cayó. Cuando volvió a levantarse, Trixi y sus amigas habían formado un semicírculo en torno a ella. Era evidente que una le había puesto la zancadilla. La niña con la nariz respingona y las orejas de soplillo se estaba frotando el pie como si fuera ella quien le había obstaculizado el paso. Trixi estaba de pie con los brazos cruzados y las piernas separadas en medio de las niñas.

—¿Se puede saber por qué te escondes, Brisamable? —se burló—. ¿Es que tienes miedo de nosotras?

Lili apretó los labios con obstinación y calló.

—¿Crees que no nos hemos dado cuenta de la

enorme distancia con que nos sigues disimuladamente todo el tiempo? ¿Es que te has meado de
miedo y ahora no puedes andar más deprisa?

Algunos alumnos más se enteraron de que Trixi
había dicho una impertinencia cuando las niñas se
pusieron a reír como ovejas. Isaías fue uno de ellos.
Lili sospechaba que en esa ocasión no intercedería
por ella. Una cosa era sacarla de un aprieto (sin que
los demás se dieran cuenta) mediante una broma; y
otra era jugarse su propia popularidad apoyando a
una recién llegada tan poco guay. Así que Lili debía
apañárselas sola. Hizo de tripas corazón y dijo lo
más alto y firme que pudo:

—¡Dejadme en paz! —Dio media vuelta y luego se abrió camino entre los que la rodeaban. Las
niñas no la siguieron.

Cuando Lili se defendió de forma tan firme, la
elefanta levantó un poco la oreja hacia el lugar de
donde provenía la voz. Nadie se fijó ni dio importancia a ese diminuto movimiento, pero en ese
momento la elefanta despertó de su letargo y alzó
un poco la vista para observar con atención a los
humanos que estaban ante la jaula.

Entretanto, los alumnos escuchaban con atención al cuidador que se había puesto frente a ellos
y les hablaba de los paquidermos y sus caracterís-
ticas.

—Los elefantes son en realidad animales gregarios —explicaba el hombre en ese mismo momento—. No les gusta vivir sin sus congéneres.

—¿Y por qué éste está aquí solo? —preguntó el señor Gomis al cuidador.

—Apenas hace un par de meses que esta hembra está sola. Tuvo una cría, pero la vendimos a otro zoo.

—¿Y eso por qué?

—Bueno, quizá lo hayan leído en el diario. La elefanta tiene desde hace unos días unos arrebatos de locura imprevisibles. A veces le cogen auténticos ataques de furia y embiste contra el muro o se lanza contra los barrotes. Hace un par de meses hizo daño a la cría en uno de esos arranques. Al ponerse a correr tiró al pequeño y casi le pateó la cabeza. Tuvimos suerte de que el bebé sólo sufriera un par de rasguños. Pero no podíamos arriesgarnos a que la próxima vez saliera malherido. Sencillamente, era demasiado peligroso para él y tuvimos que ofrecerlo.

Los ojos de la elefanta buscaban entre la muchedumbre a la persona cuya voz acababa de oír. Observaba discretamente a cada uno de los individuos que estaba al otro lado de los barrotes, pero persistía en su actitud triste y derrotada, de modo que nadie se percató de que en el ínterin se había espabilado.

—Si lo hubiéramos sabido antes quizás habríamos interrumpido la construcción de la nueva instalación de elefantes —prosiguió el cuidador mientras tanto.

—¿Una nueva instalación? —repitió el señor Gomis.

—Sí, la inauguraremos dentro de tres semanas. Es un edificio grande y nuevo con un amplia superficie al aire libre. Pero ahora que sólo tenemos un elefante (y que encima se ha vuelto loco) la dirección del zoo está pensando en dar otras funciones a la instalación. Es demasiado grande para un solo elefante, pero no podemos comprar ningún otro porque Marta (que así se llama) es un peligro para los demás animales.

Los ojos de la elefanta no abandonaban la búsqueda.

—La directora del zoo ha llegado a plantearse sacrificar a Marta si no mejora —añadió el cuidador.

—Quiere decir que... oh. —El señor Gomis parecía consternado—. Pero ¿no tienen ni idea de por qué sufre estos arrebatos? Ahora mismo tiene realmente un aspecto muy pacífico.

—Los ataques siempre se producen de forma repentina y la mayoría, lamentablemente, cuando hay mucha gente delante de la jaula. Pero no sabemos por qué razón se pone así.

Entonces Isaías levantó la mano. El cuidador le dirigió un gesto cortés.

—¿Qué pasaría si se averiguara la causa de ese comportamiento? —quiso saber el muchacho—. ¿Si se descubriese y esos ataques llegaran a pararse, traerían de vuelta a la cría? En cierto modo se la ve muy sola.

Mientras, Marta volvió la cabeza ligeramente para buscar entre las personas que estaban en el borde exterior del gentío a la propietaria de la voz.

El cuidador sonrió satisfecho ante las palabras de Isaías.

—Bueno, en primer lugar, lo hemos intentado todo para averiguarlo. No es tan sencillo. Y en segundo lugar, tampoco podríamos recuperar a su cría aunque volviera a ser la de antes. —Pronunció la última frase como para sí mismo, pero no logró eludir a Isaías.

—¿Y por qué?

—Bueno... porque... —titubeó el cuidador, sonrojándose—. Ejem, el zoo no tiene ahora el dinero suficiente para comprar animales nuevos. La construcción de la instalación de los elefantes resultó más cara de lo que se había proyectado, y...

—¿Construyen un recinto nuevo sin tener dinero para comprar animales que vivan en él? —se asombró Isaías. El rostro del cuidador enrojeció todavía más, pero esta vez de fastidio.

—Tenemos planeado comprar una nueva llama en breve —respondió.

—¿Una llama? —insistió Isaías—. ¡Pero si ya tienen suficientes! ¿Cómo no se puede recuperar con ese dinero al bebé elefante?

—Por una parte, jovencito, porque una llama es más barata que un elefante —contestó el cuidador con un tono cortante. Estaba claro que ese muchacho con el cabello oscuro y rizado se estaba poniendo impertinente—. Por otra, porque Marta machacaría a la cría cuando la volviéramos a comprar.

—Quizá deberíamos continuar —intervino el señor Gomis

Isaías, sin embargo, no había terminado.

—¿Cuánto dinero falta? —preguntó.

—¡Eso a ti no te importa! —replicó el cuidador enfadado.

—¿Es que no lo sabe?

—¡Claro que lo sé! —exclamó furioso el hombre—. Estoy al corriente de todo lo que sucede en el zoo. Son... hummm... mil euros.

—¿Sólo?

En ese momento la elefanta descubrió a Lili entre los demás niños. Sus ojos se abrieron y con dos grandes zancadas se acercó a la valla y tendió la trompa hacia la niña. Los alumnos se echaron hacia atrás asustados creyendo que iban a presenciar un nuevo arrebato. Cuando el enorme animal se puso a barritar y golpeó tan fuerte contra las rejas que los barrotes oscilaron, algunos de los niños gritaron y se apartaron de la jaula.

—¡Tranquilos, niños! —exclamó el señor Gomis, que a ojos vistas también estaba asustado y se había puesto blanco como la leche—. Salgamos en orden y de forma civilizada. —Le tembló la voz y soltó un gallo al decirlo, así que sus palabras surtieron el efecto contrario. Se produjeron unos tremendos gritos y empujones. Los alumnos querían salir lo antes posible del recinto y se abalanzaban hacia la salida. En eso, algunos se cayeron y los que los seguían tropezaron con ellos.

Mientras el caos se extendía y crecía el volumen del ruido, Lili permanecía impasible delante de la jaula. La elefanta cada vez estaba más inquieta, pero ya no a causa de Lili. Marta se golpeaba con un lado de la cabeza contra los barrotes y barritaba como una energúmena, lo que todavía asustaba y aumentaba el pánico general. Lili, por el contrario, escuchaba turbada lo que la elefanta gritaba:

—¡Socorro! ¿Hacéis demasiado ruido! ¡Ay, mis oídos! ¡Que alguien me ayude!

De repente, Isaías apareció junto a Lili.

—¿Qué le pasa? —preguntó precipitadamente, mientras eludía a dos niños que cargaban a codazos para avanzar lo más deprisa posible. Nadie se fijaba en Lili e Isaías, que parecían ser los únicos en no luchar por salir—. Seguro que sabes lo que le pasa.

—Le duelen los oídos —respondió Lili, intentando no alzar la voz para no hacer todavía más ruido—. Le hacen daño cuando la gente grita tanto. Por eso tiene estos ataques.

Isaías se quedó un momento desconcertado y luego dijo:

—Lili, tienes que informar al cuidador.

—¿Qué? No, no puede ser. ¿De qué manera voy a explicarle cómo lo sé?

—¡Pero podrías ayudar a la elefanta!

—Isaías, yo...

—Entonces, habla al menos con Marta. Dile que la ayudaremos.

—¿Qué? ¿Cómo vamos a ayudarla?

—Todavía no lo sé. Pero dile al menos que, si aguanta tres semanas más, tendrá una instalación más bonita y nueva.

—Pero tal vez no sea verdad.

—¡Sí! Ya nos encargaremos nosotros.

Lili sacudió la cabeza con incredulidad.

—Díselo —repitió Isaías con determinación.

—¿Ahora, aquí?

—Por el momento todos están demasiado ocupados consigo mismos. Ninguno se interesa por lo que tú haces. ¡Mira alrededor!

Lili echó un vistazo apresurado en todas dirección. Por todas partes vio rostros aterrorizados que la consideraban un obstáculo para seguir avanzando hacia la salida. Apartada del barullo, Lili distinguió de repente a la niña con la nariz respingona y las orejas de soplillo (cuyo nombre, Pía, Lili ahora conocía). Pía estaba con los ojos como platos, plantificada completamente sola junto a la jaula de la elefanta. Con una expresión de sorpresa en el rostro dejaba vagar la mirada, que se detuvo en Isaías y Lili.

—¡Qué pifia! —exclamo Isaías, que se sintió descubierto y se esfumó. Lili estaba demasiado absorta para tomárselo a mal. ¿Qué hacia allí Pía? ¿Por qué no se marchaba corriendo como los demás? Lili lo encontró extraño y se dirigió sin vacilar hacia ella. Cuando estuvo delante de su compañera supo lo que le pasaba. La niña tenía tanto miedo que no podía ni moverse de su sitio. Totalmente aturdida, Pía bajó la vista y lo mismo hizo Lili. Alrededor de los pies de Pía se había formado un charquito. Se había hecho pipí del miedo.

—Yo... —balbuceó Pía—, quiero salir de aquí.

—Ven conmigo —dijo Lili, dándole la mano—. He visto por allí un lavabo donde podrás secarte. —Lili condujo a Pía por delante de la jaula hacia la salida del recinto. Desde la puerta lanzó una mirada a la elefanta que, gracias a la calma creciente, iba tranquilizándose poco a poco. Lili era consciente de que no estaba bien marcharse sin más, sin haber hablado antes con Marta o el cuidador. Pero le faltaba valor para ello.

En lugar de eso llevó a Pía a los baños más cercanos, donde la niña se limpió con manos temblorosas y sin decir palabra. Pía parecía estar todavía demasiado aturdida para pensar con claridad. Cuando estuvo lista, ella y Lili se sentaron en las escaleras que había delante de las casetas de los baños. Pasado un rato, Pía dijo en voz baja:

—Se lo vas a contar a las otras, ¿verdad? Y así tendrán algo con lo que burlarse de mí.

—¿Por qué iban a burlarse de ti? ¡Si son tus amigas!

Pía resopló desdeñosa.

—No se las puede llamar del todo amigas —advirtió afligida—. Sólo voy con ellas para que no se metan conmigo.

—¿Qué?

—Yo llegué a esta clase hace medio año y al

principio me trataban igual que a ti ahora. En algún momento empecé a seguirles la corriente para ponerme a salvo de sus ataques.

—Oh.

—Yo me portaba todavía peor contigo que las demás para que no pensaran que quería hacerme amiga tuya o que sentía pena por ti, porque tú también eres nueva. Y por eso te he puesto antes la zancadilla. Lo... lo siento.

Lili frunció el entrecejo sorprendida.

—Pero yo... yo no puedo enfrentarme a ellas, ¿entiendes? —prosiguió Pía—. Si te ayudara, volvería a ser el centro de sus burlas.

Lili callaba.

—Vuelvo con ellas. Y si quieres contarles lo de mi... desgracia, es cosa tuya. —Pía se levantó—. Gracias a pesar de todo —dijo, dirigiéndose al grupo que se había formado más abajo de la instalación de elefantes, en el camino. Lili permaneció un minuto más sentada antes de unirse a la comitiva de escolares que, tras el susto de la elefanta, se marchaba directa a la salida sin ver el resto de los animales.

Valor cívico

Un par de horas después, esa misma tarde, Lili estaba sentada entre los arbustos del jardín meditando. La mirada atormentada de la elefanta no se le iba de la cabeza, así como el pensamiento de que ella, Lili, podría haber cambiado en algo la triste situación de Marta, pero no había hecho nada. También la conversación con Pía le había dado que pensar. En el fondo, Pía se comportaba igual que Isaías. A los dos parecía caerles bien, pero no lo demostraban en la escuela porque no querían arriesgarse a que les tomaran antipatía. De todos modos, Lili estaba convencida de que Isaías no corría tal peligro: era la estrella de la escuela y podía hacer y deshacer lo que se le antojara. O bien no tenía ni idea de lo mucho que le querían o simplemente era malo, pensó Lili enfurruñándose. Entonces las hojas de la rama que estaba a su lado crujieron e Isaías se deslizó en su escondrijo.

—Esperaba encontrarte aquí —dijo sin rodeos, y se sentó a su lado.

Lili ni levantó la cabeza.

—¿Y eso? —preguntó sin dignarse a mirarlo—. ¿Por qué hablas conmigo si en realidad no te caigo bien?

Isaías la miró sorprendido, pero luego enseguida comprendió de qué se trataba.

—Con las llamas te he salvado el pescuezo —respondió tras una breve reflexión.

—Es cierto —reconoció Lili—, pero ¿por qué lo has hecho si en realidad me tomas por alguien con quien no quieres que te vean?

Isaías hundió la cabeza y jugueteó nervioso con el cordón de los zapatos.

—Lili... —susurró—. Ya sabes lo que pasa en la escuela.

—Por qué... —empezó a decir Lili vacilante, pero Isaías la interrumpió.

—No quiero pasar el recreo sentado solo en un banco —le soltó, y sonaba como si de verdad tuviera miedo de que eso sucediera.

—¡Isaías! —exclamó Lili, enderezando la espalda porque tenía algo importante que decirle—. ¿No entiendes que tú nunca te sentarás solo en un banco? ¿Que da igual con quién hables y cuántas veces levantes la mano en clase?

Isaías se quedó mirando un momento a Lili con incredulidad, luego apoyó la cabeza en las manos y se hundió en un silencio reflexivo.

—¿Lo crees de verdad? —preguntó vacilante al final—. ¿Y si te equivocas?

—Estoy completamente segura. Si todos supieran lo inteligente que eres todavía te encontrarían más guay. —Hizo una pausa—. Y si les enseñaras a todos que yo... te caigo bien, a nadie se le ocurriría la idea de dejarte a ti también solo en un banco.

—Y al mismo tiempo tal vez tampoco te excluirían a ti.

Lili se encogió de hombros, pero luego asintió.

—Tal vez —reconoció—. Es posible que realmente cambiaras esta situación.

—¿Igual que tú también podrías cambiar el mal estado en que se encuentra la elefanta? —preguntó Isaías de repente.

Lili parpadeó irritada.

—Habrías podido ayudar a Marta —prosiguió él sin dejarse intimidar—, pero no lo has hecho porque no sabías cómo iban a reaccionar los demás. Tenías miedo de correr ese riesgo. En el fondo has hecho lo mismo que yo.

Lili se rascó la cabeza y pensó en ello. Permanecieron ambos callados un rato.

—¿Sabes cómo se llama lo que nos falta? —dijo Isaías rompiendo el silencio—. «Valor cívico.»

Lili frunció el entrecejo, pues era la primera vez que oía esa expresión.

—¿Qué es eso?

—Significa decir tu opinión sin temor a las consecuencias. Ser coherente con lo que piensas y eres sin que te importen las desventajas que eso conlleve.

Lili reflexionó unos minutos.

—Ni tú ni yo tenemos ni una pizca de valor cínico —señaló.

—Valor «cívico». Tienes razón, no lo tenemos en absoluto —respondió pausadamente Isaías.

Ninguno de los dos estaba demasiado satisfecho con el descubrimiento.

—Lili, hemos de cambiar esta situacion —declaró Isaías.

—¿Pero cómo?

—Tengo un plan —contestó el niño de los rizos negros con una sonrisa pícara.

Media hora más tarde, Lili entraba en casa. Su padre estaba fregando el suelo de la cocina y su abuela engrasaba la puerta porque siempre chirriaba.

—¿Papá? —llamó Lili, mientras acariciaba brevemente la cabeza de Bonsái, que la saludaba dando brincos.

—Oh, hola, pequeña, ¡ya has llegado! —respondió el padre, y se puso en pie—. Nos tenías preocupados.

—El profesor acaba de telefonear —explicó la abuela, se limpió las manos manchadas de aceite y se acercó—. Se ha disculpado por el incidente de esta mañana y además nos ha informado de que habías planeado hacer novillos. Le hemos dicho que ya lo sabíamos.

—Gracias.

—¿Qué tal te ha ido en el zoo, hija? —preguntó inquieto el padre.

—Podría haber sido peor. Esto... —Lili se interrumpió porque se dio cuenta de que no tenía tiempo de contarlo todo—. Os lo explico después. Papá, ¿dónde está mi libreta de ahorros?

—¿Tu libreta de ahorros? —repitió el hombre perplejo.

—Ahora no puedo exlicarlo, pero necesito mi libreta de ahorros.

—De acuerdo —dijo el padre tras un instante de vacilación, pues conocía a Lili y sabía que no haría ninguna tontería con su dinero. Mientras él se encaminaba hacia el armario, la abuela mencionó:

—Tu profesor también ha hecho una observación. Ha dicho que tienes los pulgares verdes.

—¿El qué? —preguntó Lili sorprendida.

—Se dice de alguien que tiene un don extraordinario para cuidar de las plantas. Ya nos habíamos asustado, pero en realidad no sospecha nada. Al parecer, las plantas de las macetas de vuestra clase parecen estar creciendo muy bien desde que tú las riegas. ¿Has llegado a tocarlas?

—No, claro que no. Pero muchas veces me he acercado bastante a ellas —respondió Lili algo distraída, pues su padre le había dado entretanto la libreta.

—¿Y no quieres decirnos para qué necesitas de repente el dinero? —preguntó el hombre.

—No —respondió con firmeza Lili, al tiempo que hojeaba la libreta—. Debo resolver este asunto yo misma. —Entonces su mirada se detuvo en la cantidad que había en la libreta de ahorros: quinientos cincuenta euros. ¿Sería suficiente?

Lili se despidió a toda prisa y se puso en camino. Bonsái la siguió. Cuando Lili volvió a deslizarse entre los arbustos, tropezó con la Señora de Lope, que esperaba junto a Isaías en el escondite. La gata saltó a un lado con un bufido y Lili tuvo que sujetarse a una rama para no caerse. De inmediato, una flor brotó en la rama.

—¡Qué insolencia! —se lamentó la Señora de Lope indignada, y se lamió la pata que la recién llegada acababa de pisarle.

—Oh, lo lamento, le pido mil perdones Señora de Lope. —Se disculpó enseguida Lili—. No ha sido intencionado.

—¡Bah! —contestó la gata poniendo el grito en el cielo—. ¡No hay modales! ¡A eso se dedican, a armar jaleo y hacerme casi papilla! Yo no me trato con gente así. —Echó la cabeza hacia atrás y se marchó.

—Creo que he caído en desgracia —observó Lili secamente.

—¡Tonterías! —replicó Isaías—. Eres la única que puedes hablar con ella. Ya se le pasará. —Siguió con una sonrisa complacida a la gata que se alejaba dignamente. Sin embargo, antes de que la Señora de Lope desapareciera entre las hojas, se volvió una vez más y dijo:

—Venga usted, Señor Bonsái, que estos ignorantes se las apañen solos.

Para sorpresa de Lili, Bonsái se puso inmediatamente en movimiento y siguió a la damita, que, ahora sí, abandonó dignamente los arbustos.

—Es imposible que la haya entendido —murmuró Lili para sí misma.

—Mi madre dice que tu perro y la Señora de Lope se han vuelto inseparables de un día para el otro. Ahora siempre se la ve acompañada. ¿Has intervenido en ello?

—Es evidente que lo he hecho. Pero yo sólo quería que no arremetieran el uno contra el otro. No imaginaba que iban a hacerse amigos. ¡Son tan distintos!

Lili reconoció en el paso comedido y en el porte orgulloso de la cabeza que Bonsái había adoptado el estilo de la gata.

Se encogió de hombros, dejó la libreta de ahorros en el suelo y anunció:

—Quinientos cincuenta. ¿Y tú?

Isaías resopló con gesto abatido.

—Sólo trescientos sesenta. Pensaba que tenía más, pero hace medio año me compré un telescopio. Me costó mucho dinero. Además del diccionario de filosofía...

—Así que no tenemos bastante —susurró Lili—. Tendremos que pedir ayuda a nuestros padres.

—Pero queremos conseguirlo solos.

—Sí, pero cómo vamos a hacerlo tan deprisa...

—Noventa.

—¿Conseguir noventa euros?

—Ya se me ocurrirá algo. Tampoco es tanto.

En ese momento, Lili tuvo una idea.

—¡Isaías! —exclamó con un brillo en los ojos—. ¡Ya lo tengo!

—¿El qué? ¡Dime! —El tono de voz de la niña arrancó de golpe a Isaías de su apatía.

—¡El sábado es la fiesta de primavera! ¡La fiesta de la escuela! —señaló la niña emocionada.

—¿Y qué pasa con la fiesta? —preguntó impaciente Isaías. Pero al poco entendió a qué se refería y su rostro se ensombreció—. No lo pensarás en serio —balbuceó asombrado—. No pretenderás eso.

—¡Claro que sí! —Lili relucía de felicidad, pero luego se dio cuenta de que Isaías no compartía en absoluto su entusiasmo—. ¿O es que no decías en serio lo del valor cínico?

—Cívico... —Resopló—. Pero no puedo...

—¡Claro que puedes!

—Pero... ¿qué pasa si el resto del plan no funciona? ¿Si, por ejemplo, no se puede volver a comprar al bebé elefante? ¿Qué pasa si Marta no se cura? ¿De qué servirá tener el dinero para comprar la cría si Marta sigue con sus arrebatos?

—Isaías, ya hemos hablado de todo esto. Sólo estás buscando excusas. Quieres escaquearte.

—¡No puedo, Lili! No delante de toda la escuela...

—Si lo haces, tendrás realmente valor cívico.

—Qué pifia, ojalá no me hubiera embarcado en esta historia —soltó Isaías y se arrepintió de haber sido tan bocazas.

Marta

Lili pasó toda la tarde indecisa en su habitación luchando con sus sentimientos. No podía forzar a Isaías a hacer algo así y quedarse ella de brazos cruzados. Debía actuar. Cuanto antes mejor, ya mismo. Lili cogió la chaqueta y se marchó en autobús al zoológico.

Llegó un cuarto de hora antes de que cerraran. De hecho, el empleado de la taquilla ya no quería dejarla pasar, pero cuando vio los grandes y suplicantes ojos de Lili, cedió. Lili pasó a toda prisa por las instalaciones de las focas, las cabras y las llamas. A esa hora, casi no había gente en el zoo. Lili iba tan rápido que la mayoría de los animales ni se dieron cuenta de que alguien se deslizaba junto a sus jaulas. Sólo de vez en cuando, uno o dos animales alzaron la cabeza sorprendidos para comprobar si ocurría algo inusual, pero Lili ya había pasado y los animales volvían a su modorra habitual.

Cuando por fin llegó a la instalación de los elefantes, la niña comprobó que estaba cerrada. De la puerta colgaba un gran cartel: ENTRADA PROHIBIDA.

«Probablemente a causa de todo el jaleo de la mañana», pensó Lili y golpeó decepcionada con el picaporte. Para su sorpresa, la puerta se abrió sin más.

—¡Viva! —exclamó Lili triunfal. Se aseguró rápidamente de que nadie la veía y se coló dentro.

El interior de la instalación estaba tenuemente iluminado, por lo que todo tenía un aspecto más desolador que en su última visita. El recinto estaba totalmente abandonado y sólo Marta se hallaba acostada en un rincón de su pequeña jaula. Tenía los ojos cerrados, aunque no parecía dormir porque balanceaba la cabeza de un lado a otro. Lili notó que la elefanta estaba todavía peor que por la mañana.

—¡Marta! —susurró Lili, acercándose a la jaula. Cuando la enorme elefanta oyó por segunda vez la voz que ya la había sorprendido por la mañana, abrió los ojos y miró alrededor—. Hola, Marta —la saludó Lili, extendiendo las manos entre los barrotes oxidados para acariciar la trompa de la elefanta.

—Hablas mi lengua —barritó perplejo el animal—. ¿Cómo es posible? —Emocionada, se apretó contra la reja y estiró la trompa hacia Lili. Los barrotes temblaron peligrosamente. Lili dio unas palmaditas a la gris y rugosa piel.

—No tienes que tener miedo, Marta —dijo la niña—. He venido para ayudarte.

—¿Para ayudarme? Nadie puede ayudarme —contestó la elefanta.

—Te duelen los oídos, ¿verdad?

—¡Sí! ¿Cómo lo sabes? ¡Me hacen un daño espantoso!

—Y además te han quitado a tu hijo.

Al mencionar a la cría Marta dejó caer al momento la trompa y pareció literalmente desplomarse.

—Sí —contestó con tristeza—. ¿Por qué lo han hecho?

—Porque pensaron que le ibas a hacer daño. Como tienes esos ataques de furia...

—¡Yo no quería hacerle daño! No estoy furiosa. Pero los hombres gritan tanto que yo no puedo soportarlo.

—Lo sé. Vamos a hacer algo para solucionarlo.

En los ojos de Marta apareció una chispa de esperanza.

—¿En serio?

—Sí, y además vamos a ocuparnos de recuperar a tu cría en cuanto tú estés mejor —añadió Lili. La elefanta meneó asombrada las orejas—. Sólo tienes que aguantar un par de semanas —prosiguió Lili—, luego tendrás una instalación nueva y grande que se está acabando de construir, ¡con tu hijo!

Marta se quedó muda al tiempo que cambiaba el peso emocionada de una pata a la otra. Lili quería seguir hablándole, pero de repente oyó la voz del cuidador.

—¿Qué pasa, Marta? —El hombre se asomó por la puerta y vio a Lili delante de la jaula.

—¡Otra vez tú! —exclamó y en tres grandes zancadas se plantó a su lado—. ¡Ya te he pillado esta mañana detrás de la barrera de seguridad de la jaula de los monos! La instalación de los elefantes está cerrada. ¿No has visto el cartel? ¡Sal de ahí, este animal es malo!

—No, no es cierto —replicó Lili con firmeza, aunque sentía miedo de lo que iba a decir. Pero «debía» hablar con el cuidador.

—¿Estás chiflada? —increpó el hombre a Lili—. ¿Es que no estabas esta mañana cuando le dio el ataque de furia?

—Sí, pero no es porque sea mala. Sólo sufre dolores, dolores en los oídos.

—¿Qué? —exclamó impaciente el cuidador—. ¿Cómo se te ocurre algo así?

Lili respiró hondo y reunió valor. Había llegado el momento de lanzarse.

—Lo sé porque me lo ha contado.

El cuidador se quedó mirando a Lili como si estuviera loca. Luego se echó a reír.

—¿De qué manicomio te has escapado? —preguntó burlón.

—Sé que suena raro —contestó Lili seria—, pero tiene usted que creerme.

—¿Que tengo que creerme esta tontería? —Al cuidador parecía divertirle la conducta de Lili.

—Sí, puedo hablar con los animales. —Lili le dirigió una mirada penetrante. Algo en esa mirada hizo dudar al hombre. Dejó de reír.

—Bien, bien —respondió ahora más incómodo que divertido y todavía no dispuesto a tomar en serio a Lili—. Entonces pregunta a Marta qué cenó ayer.

Sin la menor vacilación, la niña se volvió hacia el animal.

—¿Qué cenaste ayer, Marta? —preguntó a la elefanta.

El paquidermo levantó al momento la trompa y barritó:

—Patatas, manzanas y zanahorias.

Sólo el hecho de que el animal reaccionara de este modo a la pregunta de Lili dejó al cuidador atónito. Pero antes de que la niña empezara a traducir, silbó entre dientes y masculló:

—¡Madre mía! Se diría que la elefanta ha contestado de verdad...

—Patatas, manzanas y zanahorias —dijo entonces Lili.

El cuidador se quedó boquiabierto y con los ojos como platos. Le dio tal pasmo que por un momento enmudeció. Pero luego exclamó:

—¡Niña! Casi me engañas. Ayer por la tarde viste la comida, ¿a que sí?

—Ayer no estuve aquí mientras le dabais de comer —respondió Lili cohibida, mientras el cuidador volvía a echarse a reír—. Por favor, no grite tanto.

—Debes de ser una bromista... —Era evidente que el cuidador había decidido tomarse todo eso como un chiste.

—De acuerdo —suspiró Lili—. Entonces tendré que demostrárselo de otro modo.

»Marta —dijo dirigiéndose de nuevo a la elefanta—, sólo podré ayudarte si consigo convencer a este hombre de que te duelen los oídos. ¿Podrías ayudarme tú ahora a mí?

—¡Naturalmente! —contestó la elefanta, y de nuevo la reacción del animal hizo dudar al cuidador. Una profunda arruga se formó entre sus cejas.

—¿Qué es lo que pasa aquí? —preguntó.

—Bien, Marta —prosiguió Lili—. Vamos a intentar hacer algo muy sencillo. ¿Puedes por favor levantar la pata delantera derecha?

La elefanta levantó al momento la pata delantera derecha. Al cuidador casi se le salieron los ojos de las órbitas. Fuera de sí retrocedió dando traspiés y se llevó las manos a la cabeza.

—Muy bien, gracias —elogió Lili a la elefanta—. ¿Podrías balancear la trompa de un lado a otro?

Marta siguió las indicaciones.

—¿Podrías girar sobre ti misma?

Tampoco eso supuso ningún problema para Marta, que parecía incluso divertida. Mientras ella daba vueltas, el cuidador balbuceaba totalmente alterado.

—¡Dios mío! ¡Dios mío!

—¿Me cree ahora? —preguntó Lili al final, lanzándole una mirada llena de esperanza.

—Sí —murmuró el cuidador con voz ronca—. ¡No me queda otro remedio! ¿Pero cómo es posible?

—No lo sé. Pero tampoco importa. Sólo tiene que creerme si le digo que a Marta le duelen los oídos.

—¿Le duelen los oídos? —repitió el hombre que todavía no acababa de recuperarse—. ¿Cómo es...?

—¿Podría llamar a un veterinario?

El cuidador se quedó mirando a Lili por unos minutos desconcertado, luego comprendió y llamó por el móvil a la directora del zoo.

Diez minutos más tarde, un mujer alta y de mediana edad y un hombre con bigote entraban en la instalación.

—¿Qué es lo que está pasando, Meier? —preguntó nada más llegar la mujer—. ¿Cómo se le ha ocurrido de repente que le pasa algo en los oídos?

—Esta niña... —comenzó a decir el cuidador, pero luego vaciló—. Ejem... me lo ha dicho.

La mujer taladró a Lili con una severa mirada.

—¿Qué travesura es ésta? —inquirió en un tono cortante.

—A Marta le duelen los oídos —explicó Lili tímidamente, pero fue adquiriendo seguridad a medida que seguía hablando—. Ésa es la causa de sus ataques. No puede soportar el ruido de los visitantes de la instalación.

La directora arqueó incrédula una ceja, observó con detenimiento a la niña y luego al hombre con bigote.

—Habib, examine los oídos del animal. —Por extraño que parezca, la directora no pidió más explicaciones.

—¿Es usted veterinario? —preguntó Lili esperanzada, pero el hombre no respondió, sino que pidió al cuidador una escalera. Después de que se la hubieron llevado, el veterinario y el cuidador entraron juntos en la jaula de Marta. El señor Habib parecía saber exactamente que la hembra tenía de vez en cuando arrebatos de locura, así que se acercó a ella con muy poca determinación. Colocó con prudencia la escalera junto al gigantesco animal, mientras el cuidador acariciaba el pecho de la elefanta. Todo eso estaba desconcertando a Marta, que empezó a balancearse intranquila de una pata a otra y a girar los ojos para saber qué estaba haciendo el hombre con la escalera que estaba a su lado.

—Tranquila, Marta —decía el cuidador, al tiempo que le iba dando golpecitos en la pata delantera, un gesto que él consideraba tranquilizador—. No pasa nada. —Hablaba fuerte y estaba justo al lado de la oreja de Marta.

La elefanta hizo un gesto descontrolado, retrocedió dos pasos a toda prisa, levantó la trompa y gritó:

—¡Basta! ¡Marchaos! ¡Que se marchen estos hombres!

El señor Habib se puso blanco como una sábana del susto y, atemorizado, se dirigió corriendo a la puerta de la jaula, entonces Lili tomó la palabra.

—No pasa nada, Marta. Estos señores quieren ayudarte. Si te estás tranquilita un momento podrán acabar con el dolor.

Marta resolló y bajó lentamente la trompa.

—Da unos pasos hacia delante —pidió Lili a la elefanta—. Lo mejor es que te pongas al lado de la escalera.

Así que Marta dio obedientemente dos pasos hacia delante y se colocó justo junto a la escalera. El veterinario se quedó pasmado y con la boca abierta y la ceja de la directora casi llegó al nacimiento del cabello. Ninguno de los dos habló, sino que miraron a Lili atónitos. El cuidador carraspeó y dijo tontamente:

—Esta niña habla con Marta.

La directora no le hizo caso y en lugar de eso se acercó a Lili.

—Increíble —murmuró, cogió a la niña por el mentón y le volvió la cabeza a un lado y otro mirándola—. Fascinante. —Luego chasqueó los dedos con fuerza—. ¿Habib? ¡Los oídos! —ordenó, sin apartar la vista de Lili. Movió la cabeza pensativa y volvió el rostro de la niña hacia la luz, como si ella fuera la solución del enigma. Lili dejó pacientemente que la examinaran, mientras observaba a Marta con el rabillo del ojo. La elefanta aguardaba dócilmente, mientras el señor Habib subía a la escalera y examinaba primero el oído derecho y luego el izquierdo.

—¿Y? —preguntó la directora al veterinario.

—Una inflamación purulenta —respondió el veterinario—. En los dos oídos. Ya lleva varias semanas.

—¿Cómo lo has sabido? —preguntó la mujer, apoyando el dedo índice en el pecho de Lili.

—Me lo ha dicho Marta —respondió ella con una voz casi inaudible. La mujer dijo en un tono intimidante:

—Entonces, no es sólo que la elefanta te entiende a ti, sino que tú entiendes a la elefanta.

—Hummm.

—¡Insólito... totalmente insólito! —La directora cruzó las manos detrás de la espalda y empezó a pasear arriba y abajo de la instalación. Lili, el cuidador, el veterinario y Marta la contemplaban inmóviles, sin saber si tenían que hacer algo.

—¡Meier! —bramó la directora al final en un tono cortante que no sólo sobresaltó a Marta—. Su tarea consiste en cuidar de este animal. ¡Incluidos sus oídos!

—Sí, ejem... —contestó el cuidador, pero su jefa le cortó la palabra.

—Usted es «cuidador», ¡maldita sea! ¿Desde cuándo ha descuidado usted este animal?

—Yo no he... esto...

—Meier, ¡queda usted despedido!

—Pero usted no puede...

—¡FUERA! —vociferó la directora, señalando la puerta con un brazo extendido. Marta se removió.

—¡Que no grite! —bramó la elefanta.

—¿Qué ha dicho? —preguntó la directora del zoo a Lili, señalando a Marta con un gesto.

—Ah, pues que... por favor, no grite —tradujo Lili con un hilillo de voz.

La corpulenta mujer asintió, sin embargo, comprensiva.

—Dile a Marta que lo siento.

—Dice que lo siente —comunicó Lili a la elefanta.

—Bah, se pasa todo el tiempo gritando —se quejó la elefanta con acento cansino. Lili no tradujo esta última observación, sino que miró al cuidador que abandonaba el recinto con expresión dolida.

—¿Habib? ¿Puede hacer algo contra la inflamación? —quiso saber la directora.

—Sí —confirmó el veterinario—, podría...

—¡Hágalo!

—¡Como usted diga! —El señor Habib tomó inmediatamente su maletín.

—Y ahora sigues tú. —La directora dirigió de nuevo su atención a Lili, que a duras penas podía tragar saliva—. ¿Sabes hablar sólo con elefantes o también con otros animales?

—Con otros también.

—¿De verdad? ¿Con cuáles?

—Ah, con todos.

—¿Con todos? ¿Con pájaros?

Lili asintió.

—¿Monos?

Lili volvió a asentir.

—¿Pingüinos?

—Bueno, hummm, creo que sí.

—¿Te interesa ayudar a más animales?

Lili frunció el entrecejo. ¿Adónde quería ir a parar esta mujer?

—¿Sabes? —prosiguió la directora—, aquí en el zoo sacaríamos buen partido de una persona como tú. Algunos animales no están muy bien. Si pudieras explicarnos qué les falta...

—La mayoría de ellos sólo están aburridos —se atrevió a interrumpirla Lili.

—Sí, eso es cierto. Pero también contamos con casos más difíciles. Una lechuza que ya ha intentado tres veces suicidarse, y un cocodrilo...

—¿Que ha intentado suicidarse? —repitió sorprendida Lili.

—Sí. Si pudieras hablar con ella.

Lili se lo pensó un momento.

—Sí, lo haría encantada —respondió luego.

—Entonces te contrato.

Lili intentó tomar aire.

—¿Contratada? Pero si todavía voy a la escuela.

—Sólo por las tardes, claro. Y sólo cuando tú quieras venir.

—¿De qué se supone que trabajaré?

—Está claro. De intérprete, naturalmente: nos traducirás lo que dicen los animales.

La fiesta de la escuela

El sábado por la tarde, Lili acudió a la fiesta de la primavera de la escuela con su padre, su abuela y Bonsái. Por desgracia, su madre tenía trabajo.

La fiesta se celebraba en el patio, y cuando la familia Brisamable llegó ya reinaba una intensa actividad. Alumnos, padres y profesores pululaban por ahí, dando todo tipo de muestras de alegría. Lili tomó a Bonsái en brazos para que nadie lo pisara sin querer.

En el otro extremo del patio se levantaba un gran escenario en el que en ese momento tocaba una banda de alumnos cuya música hacía pensar a

Lili en alguien aporreando una cacerola. Bonsái tenía la misma impresión:

—¡Este estruendo es imposible! —ladró el perro indignado, al tiempo que miraba escandalizado en otra dirección.

Lili le tapó amablemente los oídos, aunque pensó que, decididamente, el perrito pasaba demasiado tiempo con la Señora de Lope.

Mientras su padre y su abuela hacían cola en un puesto de refrescos, Lili buscó con la mirada a Isaías, pero no lo vio por ninguna parte. Su mirada, sin embargo, se detuvo en Trixi y su pandilla, que estaban al borde del patio y también habían visto a Lili. Las niñas no parecían demasiado entusiasmadas de que Lili hubiera aparecido ese día acompañada.

En cuanto el padre y la abuela de Lili regresaron con tres grandes vasos llenos de limonada, el señor Gomis se acercó.

—¡Familia Brisamable! —les saludó—. El concurso ha atraído a una gran cantidad de gente, ¿verdad?

—¿Qué concurso? —preguntó el padre de Lili sin tener ni idea de lo que le hablaba.

—Oh, ¿no han oído nada al respecto? —respondió el señor Gomis, mientras Lili tomaba conciencia de que esos últimos días había hablado tanto con su familia sobre el zoo que no había llegado a contarles nada de la fiesta de la escuela.

—Pues bien —empezó a explicar el profesor en un tono jovial—, el punto culminante de la fiesta es un concurso de conocimientos entre los alumnos de los cursos superiores. El ganador obtendrá cien euros.

—¡Vaya! —exclamó admirada la abuela.

Lili se preguntó si Isaías participaría en el concurso. No había vuelto a verlo desde su conversación y no sabía si al final se había decidido por apuntarse. De todos modos, la escuela entera estaba reunida. Todos se enterarían de su secreto. Pero «tenía» que hacerlo, a fin de cuentas necesitaban el dinero para el bebé elefante. A Lili no se le pasó por la cabeza que Isaías pudiera perder.

Una vez que el señor Gomis se hubo alejado, se acercó una pareja mayor que al parecer conocía al padre de Lili.

—Son los vecinos de enfrente —susurró Lili al oído de Bonsái después de haber estado escuchándoles un rato—. Con los que la Señora de Lope suele pasar la noche.

Bonsái observó a la pareja y preguntó:

—¿Son estilosos?

—Chisss —murmuró Lili, que no quería que

nadie se diera cuenta de que estaba hablando con el perro—. Creo que tienen un sofá precioso.

El padre de Lili entabló una conversación de adultos con los vecinos que no era del interés de la niña. Ésta dejó vagar la mirada y descubrió a Trixi, que estaba a cierta distancia y la miraba con expresión hostil. Lili apartó la vista enseguida y se esforzó por fingir la mayor indiferencia posible.

Al final llegó el gran momento. El concurso comenzó. Todos los asistentes a la fiesta se apretujaron cerca del escenario, pues nadie quería perderse el punto culminante del encuentro. También Lili, su familia y los vecinos se sumaron a la masa de espectadores. Luego el director de la escuela, el señor Urbino, cogió el micrófono y pronunció unas palabras de presentación. Lili sólo escuchaba a medias. Nerviosa como estaba, no paraba de retorcerse un bucle con el dedo índice. ¿Se atrevería Isaías a mostrar ante todos, en el escenario, lo inteligente que era en realidad? Entonces el director de la escuela aclaró:

—Este concurso es extraordinario porque no sólo participan los alumnos y alumnas de los cursos superiores, sino también un alumno de quinto.

Un murmullo se extendió entre la muchedumbre. La gente estaba sorprendida y se preguntaba si había oído bien.

—Hasta ayer no se había inscrito y hoy ha hecho el examen previo —prosiguió el señor Urbino—. Ha salido tan airoso de la prueba que hemos decidido hacer una excepción por él.

—¿Quién será? —Oyó Lili que preguntaba un niño de la clase de Isaías que estaba a pocos metros de ella.

—Enseguida lo verás —murmuró Lili para sí misma, aunque su padre la oyó.

—¿Sabes algo de esto? —preguntó a su hija, pero Lili se limitó a encogerse evasivamente de hombros.

El director de la escuela leyó en voz alta la lista de los participantes y en último lugar pronunció el nombre de Isaías. En ese instante, el chico salió al escenario y el público dejó escapar una exclamación de sorpresa. Todos lo miraban con incredulidad mientras él se sentaba lentamente en la silla que le habían adjudicado en el semicírculo, con el resto de los participantes, y bajaba la vista hacia los espectadores. En cuanto los alumnos que estaban delante del escenario comprendieron que no se trataba de una broma, el barullo aumentó de golpe.

—¿Qué hace Isaías ahí arriba con los empollones? —preguntó el niño de la clase de Isaías, y Lili, que de la alegría de ver aparecer a Isaías casi se había puesto a gritar, lo miró preocupada. Era Torben, uno de los amigos de Isaías.

—Espera a ver —contestó otro niño que estaba al lado y miraba curioso hacia el escenario. Pero Torben cruzó los brazos sobre el pecho con gesto de no encontrar la situación nada divertida.

El padre de Lili preguntó asombrado.

—¿No es ése el hijo de nuestros vecinos?

Lili asintió orgullosa.

El director de la escuela se esforzaba por tranquilizar al gentío. Tardó un rato hasta que los gritos de sorpresa fueron acallados y el público se concentró en el concurso, que en ese momento comenzaba.

El señor Urbino explicó las reglas: él plantearía preguntas a los alumnos para determinar su nivel de conocimientos. Quien fallara dos respuestas seguidas quedaría descalificado. El director empezó con las preguntas. Algunas eran tan difíciles que ni siquiera los adultos del público habrían sabido responderlas. Del mismo modo, tampoco algunos de los alumnos del escenario conocían las respuestas correctas.

Entonces le tocó el turno a Isaías. El director tomó otra tarjeta con preguntas. Los espectadores contuvieron la respiración. Lili cruzó los dedos tan fuerte que hasta le hacían daño. El señor Urbino se volvió hacia Isaías y le dijo:

—Enumera todas las capitales de Europa.

Isaías tomó el micrófono que circulaba entre los participantes y sin la menor vacilación empezó:

—España: Madrid; Alemania: Berlín; Francia: París; Italia: Roma, Inglaterra: Londres; Suecia: Estocolmo... —Y así fue nombrando todos los países de Europa con sus capitales correspondientes. Hablaba con calma y serenidad y en ningún momento dudó. Una vez que hubo concluido, un aplauso espontáneo resonó entre los espectadores. Isaías levantó la cabeza sorprendido. Los Brisamable habían sido los primeros en ovacionarlo, pero algunos de los compañeros de clase no tardaron en sumarse. Isaías sonrió tímidamente al público y cosechó con ello más aplausos.

De todos modos, lo que no podía oír era lo que su amigo Torben siseaba a los demás:

—¿Se imagina que va a impresionarnos con todo este peloteo delante del dire?

Los niños que estaban a su lado se encogieron vacilantes de hombros, a fin de cuentas acababan de aplaudir. Torben comprendió que había desconcertado a sus compañeros, y añadió tendencioso:

—Según parece, Isaías se está volviendo un megalómano. Quiere mostrarnos a todos que es mucho mejor que nosotros.

«Oh, no», pensó Lili angustiada, justo eso era lo que se había temido Isaías.

En la siguiente ronda se produjeron las primeras descalificaciones y los participantes abandonaron el escenario entre cordiales aplausos. El director dirigió la palabra de nuevo a Isaías. Un silencio de muerte volvió a reinar entre el público.

—¿Cómo se llaman los planetas del sistema solar y cuál es su tamaño proporcionalmente? —quiso saber el señor Urbino.

El padre de Lili tomó aire y susurró:

—¡Buff, ésta es difícil.

Pero Lili estaba convencida de que Isaías respondería.

Isaías pensó unos segundos y contestó:

—El planeta más grande es Júpiter; el segundo en tamaño es Saturno; luego vienen Neptuno y Urano, Tierra, Venus y Marte. El planeta más pequeño es Mercurio.

Apenas hubo dicho el director la palabra «correcto», estalló una ovación ensordecedora. Lili echó un vistazo a los niños de la clase de Isaías y comprobó aliviada que casi todos aplaudían entusiasmados. Sólo Torben estaba en medio con los brazos cruzados y el rostro avinagrado. De repente gritó irritado:

—¿Lo encontráis guay? Isaías no es más que un empollón. ¡Nos ha estado engañando todo el tiempo! —Su mirada furiosa empañó el entusiasmo de los otros niños, que fueron dejando de aplaudir paulatinamente.

Lili se mordió el labio inferior. Ese Torben iba a estropearlo todo. Había que detenerlo, pero, ¿cómo? En ese momento, Bonsái, a quien Lili seguía llevando en brazos, se quejó del ruido otra vez. Además era evidente que tenía una necesidad. A Lili se le ocurrió una idea. Dejó a Bonsái en el suelo, se inclinó hacia él y le preguntó con seriedad:

—Bonsái, ¿tienes buena puntería? —Echó un vistazo alrededor para cerciorarse de que nadie la miraba y explicó su plan a Bonsái.

Un minuto más tarde, el perrito blanco se encaminaba derecho hacia Torben, se acuclillaba delante de él y le dejaba una gran cagarruta en el zapato. Torben vio al perro cuando ya era demasiado tarde. Entonces gritó con asco: «¡Puaaajjjj!», y persiguió a la pequeña bolita peluda que tuvo aun así tiempo de ponerse a salvo. Al salir corriendo, la cagarruta saltó por los aires y salpicó a todas partes. Los niños que rodeaban a Torben esquivaron sorprendidos los proyectiles. Entonces, cuando comprendieron lo que había pasado, empezaron a reírse y a señalar a Torben con el dedo.

—¡Puaj, qué peste, tío! —gritó uno de los del grupo, lo que hizo resonar todavía más fuerte las carcajadas. Torben se puso rojo como un tomate e hizo gesto de ir a decir algo. Sin embargo, como cada vez había más personas alrededor que le observaban y señalaban el zapato pringado, apartó a un lado bruscamente a los otros niños y se dio a la fuga.

Lili, que había seguido el incidente conteniendo el aliento, no pudo disfrutar mucho tiempo de su triunfo, pues un momento después sintió tal patada en el tobillo que se quedó sin respiración. Con una mueca de dolor distinguió la espalda de Trixi desapareciendo entre las filas de espectadores.

—¡Qué mal bicho! —soltó Lili, al tiempo que se frotaba el pie.

Cuando Bonsái regresó a su lado, pensó enfadada si no debería enviar al perro a los zapatos de Trixi. Aunque tal vez Bonsái ya había agotado sus municiones.

Entretanto, el concurso proseguía. Cuando le volvió a tocar el turno a Isaías, le preguntaron qué bandera se componía sólo de una franja roja y otra blanca. Isaías reflexionó un momento.

—¿La bandera de Indonesia? —contestó.

Había acertado de nuevo. Los espectadores le vitorearon. En un santiamén, Isaías se había convertido en el favorito del público. Y sin Torben, también los chicos del curso de Isaías le aplaudían y, además, con fuerza, como Lili comprobó satisfecha.

Tras varias rondas de preguntas, casi todos los competidores habían sido descalificados. Al final sólo quedaron Isaías y Svetlana, la mejor del duodécimo curso. Sólo se les planteaba una pregunta que debían contestar con una enumeración. Tenían que alternar las contestaciones, y el primero que no supiera la respuesta habría perdido. Cuando el director leyó la propuesta, era tal la tensión delante del escenario que se notaba en el aire.

—Enumera las obras de Miguel de Cervantes Saavedra.

—¡Estupendo! —dejó escapar Lili, por lo que algunos espectadores se volvieron sorprendidos hacia ella. Bajó la vista, pero no pudo contener una sonrisa. Estaba segura de que Isaías no tendría problemas en contestar.

Svetlana inició la enumeración:

—*El ingenioso hidalgo don Quijote de la Mancha.*

—*La Galatea* —contraatacó Isaías.

—*Rinconete y Cortadillo*.

—*La gitanilla*.

Y siguieron así unas cuantas veces más. Lili no conocía tantas obras, pero estaba claro que Cervantes había escrito un montón. Svetlana e Isaías llegaron a mencionar de forma alterna unos diez títulos. Llegados a este punto, a Svetlana no se le ocurría ninguno más. Con un gesto de consternación balbuceó:

—Hummm... hummm...

El señor Urbino se dirigió a Isaías:

—Si todavía conoces un título más, has ganado.

El silencio entre los espectadores era tal que habría podido oírse el ruido de un alfiler al caer al suelo. Isaías miró a Svetlana y esperó a ver si se acordaba de algo, cuando ella dejó caer los hombros abatida y sacudió la cabeza, el muchacho dijo:

—*Los trabajos de Persiles y Sigismunda*.

Los gritos de alegría estallaron en el acto.

—¡Correcto! —declaró el director de la escuela, pero sus palabras fueron sofocadas por el vocerío. A continuación alzó el brazo del niño como si fuera el ganador de un combate y lo arrastró al borde del escenario. Isaías se sintió tan incómodo que bajó el brazo tan rápido como pudo. De todos modos, cuando vio que sus amigos le aplaudían —aunque se había revelado como toda una «lumbrera»— asomó una sonrisa en su rostro que no tardó en resplandecer.

El director de la escuela le felicitó y le tendió un cheque por la cantidad de 100 euros, que Isaías recogió satisfecho. Luego buscó a Lili con la mirada entre la gente y, cuando la encontró, alzó el pulgar. Lili le saludó entusiasmada, pero se contuvo al pensar que nadie debía saber que se conocían. Los amigos de Isaías devolvieron el gesto del niño levantando también ellos el pulgar, pensando que se había dirigido a ellos.

Cuando una hora más tarde Lili y su familia dejaron la fiesta, Lili mostraba una sonrisa de oreja a oreja. No sólo se alegraba por el dinero para el bebé elefante, sino, sobre todo, de que Isaías se hubiera liberado de su secreto gracias a su valor. Al mismo tiempo, esos acontecimientos también la hicieron reflexionar. Ella, por su parte, también había demostrado valentía al interceder por Marta, pero salvo el cuidador, la directora del zoológico y el veterinario, nadie más conocía su secreto.

No sospechaba lo pronto que eso iba a cambiar.

El rescate

Cuando el lunes por la mañana se reiniciaron las clases, el señor Gomis anunció inesperadamente a la clase que se había planeado otra salida al zoológico para el día siguiente.

—El zoo también resulta un buen destino al que dirigirse para la asignatura de Arte —explicó a los alumnos—. Nos llevaremos cuadernos y lápices y quiero que cada uno de vosotros dibuje el retrato de un animal.

—Pero señor Gomis —intervino Pía alterada—. ¡Y la elefanta!

—Ya sé que la elefanta os dio a algunos de vosotros un buen susto —respondió el profesor—, pero lo hemos discutido en el claustro de profesores y queremos evitar que cojáis miedo a los animales. Por eso creemos que es interesante que volvamos al zoo lo antes posible. Podemos evitar la instalación de los elefantes. Hay suficientes animales para dibujar. ¡Os lo pasaréis muy bien!

Mucho dudaba Lili de que se lo fueran a pasar tan bien. Durante todo el día tenía una sensación de vacío en la barriga. Esta segunda vez no tendría tanta suerte como en la visita anterior. Seguro que en la próxima salida alguien se daría cuenta de que los animales se comportaban de un modo extraño. Sin embargo, Lili se preguntó de repente si eso era realmente tan malo. A Isaías le iba mucho mejor desde que había revelado su secreto. Probablemente, tarde o temprano se sabría que una niña que hablaba con los animales trabajaba en el zoo. ¿Cómo reaccionarían sus compañeros?

Lili daba vueltas y vueltas a esos pensamientos y no pudo dormir de los nervios en toda la noche.

A la mañana siguiente se levantó puntualmente para coger el autobús con los demás. Aunque estaba hecha un flan, había tomado la determinación de ser valiente y de no esconderse.

También los alumnos de quinto B volvían a estar ahí, pues el señor Gomis enseñaba Arte en los dos cursos. Cuando todos se pusieron en marcha rumbo al zoo, Lili lanzó una breve mirada a Isaías. Estaba rodeado de tantos compañeros que apenas se le veía entre la masa. Era evidente que el hecho de que fuera considerado oficialmente todo un coco no había perjudicado para nada su popularidad. Incluso Torben parecía haberse conformado. Se comportaba como si no hubiera sucedido nada.

La comitiva de la escuela avanzó lentamente hacia el acceso y luego cruzó la gran puerta del zoo. En esta ocasión, Lili no se colocó detrás de los demás discretamente, sino que se puso en medio de la masa. De este manera, los animales por cuyas instalaciones iban pasando se percataban menos de su presencia que en la última visita con el grupo. Además, como Lili iba callada, los alumnos pasaron junto a los flamencos, focas y cabras sin incidentes y al final se reunieron entre la instalación de los lobos y la gran piscina de los osos polares. Lili se dio cuenta de que no estaban muy lejos de la instalación de los elefantes, pero no logró distinguir si seguía cerrada.

El señor Gomis pidió silencio a los alumnos y les explicó que debían marcharse en parejas con sus cuadernos para elegir el animal que querían pintar. Mientras hablaba, Lili se alejó un poco del grupo, sin que nadie se diera cuenta, para tener mejor vista de la instalación de los elefantes. ¿Cómo se encontraría Marta? ¿Se atrevería a visitarla después?

Mientras Lili se mantenía apartada, oteando la instalación de los elefantes, Pía se acercó de repente. Lili contuvo la respiración y se preguntó si Pía hablaría con ella. Sin embargo, enseguida comprendió que la niña sólo quería tirar un chicle; de todos modos, cuando pasó al lado de Lili, le sonrió y la saludó con un «Hola». Lili se quedó demasiado sorprendida para responder. Sólo cuando Pía pasó por su lado de vuelta del cubo de la basura, Lili le dijo resplandeciente:

—Hola.

Pía reaccionó con una leve inclinación de cabeza. A continuación, se reunió de nuevo con Trixi y su pandilla, que no había visto nada de lo ocurrido porque estaban escuchando al profesor.

Lili permaneció resplandeciente al borde del grupo y no se dio cuenta de que en un arbusto seco que había detrás de ella brotaban en unos segundos dos nuevas hojas. Tampoco los demás alumnos lo vieron porque todos miraban en la otra dirección. No obstante, Lili había atraído la atención de alguien más. Si bien sólo había pronunciado una única palabra, uno de los grandes y grises lobos que dormían en su instalación, a menos de diez metros de distancia, se había despertado. El lobo levantó la cabeza con las orejas puntiagudas alerta, se levantó de un brinco y se acercó a la cerca. A través de los barrotes observó a la muchedumbre que estaba reunida delante de su recinto. Descubrió entre ella a Lili. Asombrado, se acercó un paso más, resolló, echó la cabeza hacia atrás y aulló fuertemente.

Lili se sobresaltó porque el lobo había gritado (y ella lo había entendido) a su manada:

—¡Venid todos a ver!

Los alumnos se alejaron temerosos de la jaula, pues cada vez se iban acercando más lobos. Los feroces animales escudriñaban al principio alrededor, recorrían intranquilos arriba y abajo la reja con barrotes y se ponían luego a aullar con los hocicos en alto. Era un sonido formidable. A Lili el corazón le latía con fuerza y estaba pensando seriamente en hablar con los lobos para pedirles que se calmaran. De ese modo demostraría que tenía tanto valor como Isaías, pero de repente Trixi surgió frente a ella.

—¡Brisamable! —gruñó la rubia corpulenta en voz alta mientras las otras niñas se apiñaban alrededor.

Lili advirtió que Pía se quedaba detrás y que observaba desde lejos lo que sucedía.

—En la fiesta de primavera todavía pudiste es-

conderte detrás de tu papá, pero ha llegado tu hora
—prosiguió Trixi en un tono amenazador.

El aullido de los lobos creció de golpe y adqui-
rió un matiz agresivo. Preocupada, Lili echó un
vistazo a la manada.

—¿Los lobos te dan cagarrinas? —preguntó
Trixi, al tiempo que reía con malicia. Lili se limitó a
sacudir la cabeza en silencio y ya quería marcharse
cuando Trixi le dio un empujón en el hombro. Lili
retrocedió un paso tambaleante. Dos de los lobos
reaccionaron de inmediato lanzándose hacia los barrotes y mostrando amenazadores los dientes. Algunos de los alumnos ahogaron un grito, pero Trixi no
miraba los lobos y dio, decidida, un paso hacia Lili.
Los aullidos habían distraído al señor Gomis, que no
se percató de lo que sucedía entre las dos niñas.

—¿Quieres volver a escaparte? —dijo burlona
Trixi, empujando a Lili, que retrocedió a trompi-
cones y chocó contra un murete. Si darse la vuelta,
Lili se agarró bien para aguantar un nuevo ataque
de Trixi. Pero ésta no logró volver a empujarla
porque Pía e Isaías se acercaron corriendo y gritaron al unísono:

—¡Déjala en paz!

Trixi se dio media vuelta asombrada. Cuando
reconoció a los que le habían gritado, movió la cabeza atónita, como si no pudiera dar crédito a lo

que veían sus ojos: precisamente Pía y el niño más popular de la escuela tomaban de repente partido por Liliana Brisamable.

—¿Estáis de broma? —soltó Trixi enfurecida, dirigiéndose sobre todo a Pía. Parecía no entender qué tenía que ver Isaías con todo ese asunto.

—No estamos en absoluto de broma —contestó el niño, avanzando hacia ella—. Deja ahora mismo en paz a Lili.

Los otros alumnos fueron percatándose paulatinamente de lo que ocurría en el pequeño grupo, pues era todavía más excepcional que el comportamiento de los lobos. Fueron agolpándose los unos contra los otros hasta que pronto todos miraban a Lili, Trixi, Pía e Isaías.

Lili se agarraba con fuerza al murete, mientras que Trixi, con una expresión de asombro en el rostro, se volvía hacia Isaías:

—Yo sólo… —comenzó, pero Isaías le cortó la palabra.

—Ya hace semanas que te metes con Lili, pero se ha acabado. ¡Ya basta!

Trixi entrecerró los ojos hasta formar con ellos dos finas ranuras. Llena de rabia miró a Pía.

—¿Estás de acuerdo? —preguntó intranquila.

Pía vaciló un segundo, se puso tiesa y contestó serenamente:

—Sí, Trixi. Ya es suficiente.

—¿Es que has perdido totalmente la cabeza? —gritó Trixi a Pía, y estaba tan furiosa que le salieron unas manchas rojas en las mejillas—. A lo mejor es que prefieres no volver a tener amigas. ¡Pues peor para ti! —Luego gritó a las otras niñas—: ¡Chicas, Pía ha sido expulsada, y quien hable una sola palabra con ella también será expulsada de la pandilla. ¿Entendido?

Miró iracunda a sus adeptas, pero todas permanecieron sospechosamente calladas.

—He preguntado si lo habéis entendido —repitió Trixi agresiva, pero ninguna de las niñas le respondió. En vez de eso todas bajaban la cabeza avergonzadas. Era evidente que se sentían incómodas.

Trixi hervía de ira.

—¡Y todo esto por tu culpa —gritó a la cara de Lili, y le propinó un golpe en las costillas. Lili, que ya no esperaba otro ataque, perdió el equilibrio. Cayó hacia atrás y se desplomó al otro lado del murete en la piscina de los osos polares. Isaías, Pía y el señor Gomis, que por fin se había dado cuenta de lo que ocurría, soltaron un grito y se precipitaron hacia el muro.

—¡Por todos los cielos! —exclamó horrorizado el profesor llevándose las manos a la cabeza.

Lili se había hundido en el agua, pero un par de segundos después salía a la superficie para tomar aire.

—¡Socoooooorro! —dijo con un grito desgarrador—. ¡No sé nadar!

Al instante se armó en todo el zoo un alboroto ensordecedor. Los animales empezaron a bramar y chillar, a agitarse y correr de un lado a otro de sus jaulas. A ninguno se le había escapado la llamada de socorro.

El rostro del señor Gomis empalideció.

—¿Qué significa todo esto? —susurró. De repente la situación se había vuelto espantosa.

—¡Debemos sacar a Lili de ahí! —gritó Isaías y así atrajo de nuevo la atención del profesor a lo importante.

—Sí, ¿pero cómo? —contestó el señor Gomis y buscó con la mirada un salvavidas o algo similar. Luego vio el oso polar. El inmenso oso blanco se inclinó sobre el saliente de roca artificial que había por encima de la piscina, divisó a la desvalida Lili moviendo los brazos y saltó al agua. Los alumnos gritaron despavoridos.

—¡Oh, no, no! —vociferaba también el profesor fuera de sí—. Un oso polar... ¡y nada hacia Lili!

Lili, que entretanto apenas si podía mantenerse en la superficie, vio a su vez al oso.

—¡Ayúdame! —gimió jadeante, y el gigante de pelaje blanco nadó más deprisa.

—¡Se la va a comer! —gritó Pía.

—No lo hará —respondió Isaías, pero nadie le oyó. Los alumnos y el profesor cada vez gritaban más fuerte porque se imaginaban que ese enorme animal atacaría a la niña. Sin embargo, cuando el oso polar llegó hasta Lili sucedió algo extraño: el animal se sumergió y se colocó debajo de la niña, que se agitaba. Ella se agarró con las últimas fuerzas que le quedaban al espeso pelaje. Entonces el oso se dio media vuelta y nadó con Lili sobre el lomo. Salió del agua delante de la roca más diminuta de su instalación y Lili se sujetó fuertemente al saledizo. Aun así, no pudo subir sola. El oso puso su gran cabeza bajo las piernas de la niña, volvió a erguirse fuera del agua y de este modo ayudó a subir a Lili.

El señor Gomis y los alumnos observaban desde el murete esta operación de rescate totalmente perplejos. Nadie podía dar crédito a lo que estaba viendo. El único que todavía conservaba algo la calma era Isaías. Había encontrado mientras tanto una escalera de cuerda y se la lanzó a Lili desde el murete. Empapada y agotada, la niña reunió sus últimas fuerzas y subió por la escalera.

—¿Eres tú la causante de todo esto? —preguntó con serveridad el señor Gomis a Trixi.

Antes de que Trixi respondiera, se oyó de repente un ruido peculiar. Sonaba como unas pisadas sordas, un auténtico tronar sacudiendo la tierra y acercándose deprisa. Lili se percató en primer lugar de la dirección de donde procedía el sonido. Miró hacia la instalación de los elefantes. La puerta del edificio se había salido de los goznes aplastada por una preocupadísima elefanta que había oído la llamada de socorro.

Cuando los alumnos advirtieron que la giganta se precipitaba a grandes pasos hacia ellos, a la mayoría le dio un soponcio. Algunos empezaron a empujar para echar a correr, y otros estaban como paralizados por el miedo. Pero luego ocurrió algo que parecía imposible: Liliana Brisamable se precipitó hacia la elefanta que se aproximaba a toda prisa y gritó:

—¡Para, Marta, para!

Y de forma incomprensible el animal se detuvo realmente. Barritó con fuerza y Lili le gritó:

—¡Estoy bien! El oso polar me ha ayudado. No pasa nada.

La elefanta acarició prudentemente con la trompa el cabello despeinado y mojado de Lili. La niña apoyó la frente un instante, agradecida, en la trompa.

Tanto los alumnos como el profesor estaban

tan asustados y atónitos que ninguno hizo ni dijo nada. Entonces vieron a una mujer alta, de mediana edad, que con paso decidido se encaminaba hacia ellos. La acompañaban dos hombres, a ojos vistas cuidadores.

—¡Liliana! —gritó la mujer—. ¿Qué significa todo esto? —Se puso en jarras y arqueó una ceja.

—Oh —exclamó en voz baja Lili—. Siento todo este lío. Yo... me he caído en la piscina del oso polar y, como no sé nadar, he pedido ayuda.

—Y no hay ni un solo animal en todo el zoo que no te haya oído. Todos están enloquecidos. ¿Oyes?

—Sí. —Lili miró hacia todas partes con expresión culpable y escuchó los gritos de los animales—. Podría...

—Ahora mismo, por favor. Hay que acabar con esto de inmediato.

Lili tomó aire.

—¡Estoy bien! —gritó tan fuerte como le era posible—. ¡No os preocupéis más! ¡Ya podéis calmaros!

El alboroto cesó de golpe y en el zoológico reinó un silencio de muerte.

—Bien —dijo la mujer sin mostrar la más mínima sorpresa—. Pero ¿cómo ha llegado la elefanta hasta aquí?

—Ah, ella se ha... escapado.

—Eso mismo me parece a mí. —La mujer observó la puerta pisoteada de la instalación de los elefantes y lanzó una mirada de reproche a Lili. Ésta bajó la cabeza avergonzada.

—¿Qué tal si le dijeras a Marta que vuelva a su jaula?

Lili asintió y habló con la elefanta. El animal dio media vuelta y se marchó trotando hacia su instalación. Los dos cuidadores la acompañaron.

Ahí intervino Isaías:

—¿Es usted la directora del zoológico?

—Eso supongo —respondió mordaz la mujer, y miró recelosa al chico que sacaba del bolsillo unos billetes y un cheque por valor de cien euros.

—Esto es para usted —dijo, tendiéndole los billetes.

—¿Para qué me das esto?

—Con esto puede volver a comprar el bebé de Marta.

—¿Cómo dices? Jovencito, no creo que tenga suficiente. ¿Sabes cuánto vale un elefante, aunque sea una cría?

Isaías sacudió inseguro la cabeza.

—En cualquier caso, mucho más de lo que hay aquí.

—No compre la llama y entonces podrá...

—¿Quién quiere comprar una llama? ¿Quién te ha contado eso?

—El cuidador que estaba en la instalación de los elefantes...

—¿Meier? Ése habla mucho cuando no tiene nada que hacer. Y la mayoría de lo que dice son tonterías. —Cuando la mujer percibió la expresión desilusionada del muchacho, añadió—: De todos modos, ya lo hemos puesto todo en marcha para que la cría de Marta vuelva con su madre. No ha sido nada sencillo, pero ahora que la elefanta está recuperándose no hay inconveniente en que se reúnan. Y en dos semanas se inaugurará la nueva instalación de elefantes. Los dos vivirán juntos ahí. A lo mejor hasta compramos un tercer elefante el próximo año. Marta se entendió muy bien con el padre del pequeño, que sólo estuvo de visita un par de semanas.

Cuando Isaías la oyó, sonrió resplandeciente de oreja a oreja y Lili casi empezó a brincar de alegría. Se dio la vuelta y vio que Marta todavía no se había metido en la instalación.

—¡Marta! —gritó Lili, y la elefanta se giró hacia ella—: ¡Tu bebé va a venir! ¡En dos semanas ya lo tendrás contigo!

La elefanta levantó la trompa y respondió con un sonoro trompetazo. Luego se dirigió a su habitáculo con paso grácil y ligero.

La directora sonrió satisfecha y de nuevo disculpó a Lili por el griterío. Luego su mirada se posó en el cheque que tenía Isaías en la mano.

—¿Has conseguido este dinero sólo por Marta? —le preguntó al niño, que asintió.

—Sí, yo y.... —El niño se calló.

—¿Eres amigo de Lili? —insistió la directora.

Isaías no se esperaba esta pregunta. Dudó y miró hacia Lili. Ella intentó decirle con la mirada que no tenía que contestar.

—Soy amigo de Lili —respondió en voz alta Isaías para que todos le oyeran. Incluso Trixi, que estaba sola al margen del grupo.

Y en ese momento intervino el señor Gomis

—¿Podría explicarme tal vez qué está ocurriendo realmente aquí? —preguntó a la directora del zoológico—. Parece que conoce a Lili.

—Oh, sí —contestó la mujer—. Lili pronto empezará a trabajar con nosotros.

—¿A trabajar aquí? ¿De cuidadora?

—No, de intérprete.

—¿De qué?

—Oh, ¿es que no sabe que Lili habla con los animales?

—Que si... —El señor Gomis se puso blanco como una sábana y movió la cabeza de un lado a otro a cámara lenta. Entre los alumnos reinaba un silencio de muerte.

—Acaba de ver cómo ella con los elefantes...

—Ya lo he visto, pero no puedo creerlo.

—¡Por eso el oso polar también la ha rescatado! —exclamó Pía—. Y por eso los lobos se han alterado tanto cuando Trixi se ha metido con ella.

Lili asintió, increíblemente contenta de haber revelado por fin su secreto.

—Y ahora, por lo que veo, queríais dibujar hoy los animales del zoológico —dijo la directora, señalando los cuadernos de dibujo que llevaban casi todos los alumnos bajo el brazo—. No seré yo quien os lo impida.

Los alumnos se miraron unos a otros perplejos. En ese momento no estaban realmente con ganas de ponerse a dibujar. Sin embargo, el señor Gomis salió de su asombro y dio la razón a la directora.

—¿Por qué? Es una buena idea. Venga, que cada uno elija con su pareja un animal para dibujar. ¡En marcha!

El grupo se reanimó. Las parejas pronto se formaron y se pusieron en camino. Delante de la instalación de los lobos la zona se iba despejando. Lili se fue un momento con la directora a la caseta de los guardias para cambiarse la ropa mojada por un mono verde de cuidadora. Cuando regresó, cogió su cuaderno de dibujo sin mirar alrededor. Estaba tan acostumbrada a hacer sola sus tareas que no contaba con que alguien la estuviera esperando. Sin embargo, cuando ya se disponía a marcharse hacia la instalación de Marta, oyó de repente que alguien la llamaba a sus espaldas:

—¡Eh!, ¿no quieres que vayamos contigo?

Isaías y Pía la estaban esperando. Lili se quedó sin habla.

—¿Qué vamos a dibujar? ¿El elefante? —preguntó Pía y cogió a Lili del brazo.

—Yo preferiría el oso polar, pero también Marta me va bien —dijo Isaías, y cogió a Lili del otro brazo. Lili miraba a uno y otra sorprendida. Entonces se echó a reír e Isaías y Pía la siguieron. Los tres se encaminaron contentos a la instalación de los elefantes. Sólo los pájaros de los árboles se dieron cuenta de que ahí por donde la niña pelirroja pasaba empezaban a brotar un montón de flores de árboles y arbustos.

Índice